OLIVIA ANDERSON

Winterzauber in Maple Creek

Unter dem Pseudonym Olivia Anderson vereint die deutsch-österreichische Bestsellerautorin Gerlinde Friewald ihre Passion für Geschichten über Liebe und Freundschaft sowie ferne Länder, die ihr durch einen besonderen Bezug ans Herz gewachsen sind. Gerlinde Friewald ist in verschiedenen Genres der Unterhaltungsliteratur beheimatet und fasziniert mit spannungsgeladenen Inhalten, facettenreichen Figuren und einer fein gezeichneten Sprache. Ihre Leidenschaft und ihr Wissen gibt sie als Dozentin für Kreatives Schreiben weiter. Mit ihrer Familie lebt sie im Süden Wiens in Österreich.

Als Molly und Nat von ihrer verspäteten Hochzeitsreise zurückkehren, ist es Winter in Maple Creek. Überall herrscht helle Aufregung. Fred, der Koch in der Tavern, hat sich den Arm gebrochen, und Laurie muss wieder voll mit einsteigen. Pamela und Lilly machen sich große Sorgen um ihre Adoptivtöchter Samara und Amira. Auch bei Nora und Jim kriselt es – Nora engagiert sich viel zu sehr in Lillys Agentur. Molly ist unglücklich, denn Franklin vernachlässigt seine Aufgaben als Chefredakteur. Als sie dann noch vergisst, Nat ein Geschenk zu besorgen, ist sie der Verzweiflung nahe …

OLIVIA
ANDERSON

Winterzauber in Maple Creek

ROMAN

more
Immer mit Liebe

MIX
Papier | Fördert
gute Waldnutzung
FSC® C083411

ISBN 978-3-98751-035-9

More ist eine Marke der Aufbau Verlage GmbH & Co. KG

1. Auflage 2023

www.aufbau-verlage.de
10969 Berlin, Prinzenstraße 85

Umschlaggestaltung Grit Bomhauer
graphische Adaption www.buerosued.de, München
unter Verwendung von Motiven von © Mikhail Zapolskyi;
Infografx, sumroeng chinnapa
Satz Greiner & Reichel, Köln
Druck und Binden CPI books GmbH, Leck, Germany
Printed in Germany

Kapitel 1

Jim riss die Eingangstür auf und stürmte ins Haus. Sein Termin mit dem neuen Klienten hatte viel zu lange gedauert, und nun zählte jede Minute. Er erreichte das Wohnzimmer und sah sich um. Sugar und Cicero lagen ausgestreckt auf der Couch.

Sie hoben die Köpfe, wedelten kurz mit dem Schwanz – reagierten sie höflichkeitshalber? – und ließen sich wieder in ihre entspannten Positionen zurückfallen.

»Wo ist denn euer Frauchen? Nora! Nora?«

Konnte es sein, dass sie endlich einmal seinem Rat gefolgt war, sich zum Ausruhen hingelegt hatte und dabei eingeschlafen war? Noras Tag hatte früh begonnen – erst das wöchentliche Online-Meeting mit Aria von der *NY Woman*, danach die Arbeit bei Lilly.

Die Aufgaben in der Werbeagentur bereiteten Nora Freude, doch er beäugte sowohl ihren Enthusiasmus als auch die Entwicklung skeptisch. Wenngleich die momentane Situation für alle schwierig war und jede helfende Hand gebraucht wurde, durfte man seine eigenen Grenzen und die Gesundheit nicht geringschätzen. Niemand trug Schuld an der Verkettung unglücklicher Zufälle, und die Hauptbetroffenen tatkräftig zu unterstützen war Ehrensache – Nora schoss jedoch weit über das Ziel hinaus.

Bereits der Einzug der beiden syrischen Mädchen Amira und Samara bei Lilly und Pamela hatte einen Mehraufwand nach sich gezogen. Jetzt allerdings herrschte an mehreren Fronten das blanke Chaos, und Nora steckte voller Begeisterung mittendrin. Sie riss ein Projekt nach dem anderen an sich und bearbeitete jedes einzelne mit Übereifer. Die propagierten *wenigen Stunden pro Woche* waren zu *mehreren Stunden täglich* angewachsen. Dabei sollte sie nach ihrem Herzinfarkt jeglichen Stress vermeiden.

Leise öffnete Jim die Schlafzimmertür. Das Bett war unberührt. Wo steckte Nora? Er zog sein Handy aus der Manteltasche und wählte ihre Nummer.

Sie meldete sich nach zweimal Klingeln mit einem zerknirschten »Oje!«.

»Oje? Wir müssen dringend zum Flughafen. Wo bist du? Als wir vor drei Stunden telefoniert haben, sagtest du, du wärest fast fertig mit der Arbeit und würdest gleich losfahren.«

»Ich habe die Zeit vergessen. Entschuldige, Schatz. Lilly war wegen Samaras neuerlicher Panikattacke hypernervös.

Es war unmöglich, sich neben ihr zu konzentrieren. Also habe ich sie kurzerhand heimgejagt. Sam Springfields neue Kampagne – du weißt schon, diese ›Wildnistour de luxe‹ – liegt aber noch zur Endkontrolle. Morgen findet die Präsentation statt.«

Jim runzelte die Stirn. Warum hatte Nora Lilly weggeschickt? Alles war organisiert. Pamela, die Molly und Nat ursprünglich vom Flughafen abgeholt hätte, kümmerte sich um Samara, während Nora und er die Flughafentour übernahmen. So weit der Plan, bis seine geliebte bessere Hälfte das Zepter an sich gerissen hatte.

»Jim, nun sei nicht sauer. Lilly und Pamela brauchen unsere Hilfe. Sie haben es verdammt schwer«, fügte Nora hinzu.

Wenigstens deutete sie sein Schweigen richtig. Er stöhnte auf. »Du verfällst in alte Muster. Machst du so weiter, hast du bald *NY Woman*-Niveau erreicht. Schonung und Ruhe sind jedoch das Wichtigste für dich.«

»Ach was. Ich strotze vor Energie, und meine Werte sind nahezu perfekt. Reden wir bitte am Abend darüber? Eigentlich sollte ich jetzt nämlich …«

»Jaja. Widme dich der ›Tour de luxe‹. Ich fahre allein zum Flughafen. Bis später.« Jim steckte das Handy zurück in die Manteltasche.

Dass Nora die Retterin in der Not spielte, war nur eine Seite der Medaille. Er kannte sie zu gut. Ihr ganzes Leben hatte sie auf der Überholspur zugebracht und sich als Chefredakteurin bei der *NY Woman* im wahrsten Sinne des Wortes verausgabt. Der Herzinfarkt hatte sie zwar auf den Boden geholt, doch die Arbeitswut steckte in ihr. Sie war Teil ihres Charakters, und Nora konnte nicht anders, als sich in ihre Aufgaben zu verbeißen. Bisweilen fühlte er sich wie Don Quijote, wobei er sich der Perspektive keineswegs sicher war. Kämpfte er gegen Windmühlen oder gegen Riesen? Vielleicht sah er eine Gefahr, die in Wahrheit überhaupt nicht existierte. Levi, sein Arzt und Freund, riet ihm, Nora nicht übermäßig einzuengen. Andererseits wies er sehr wohl auf die gesteigerte Möglichkeit eines zweiten Infarkts hin und ermahnte zu einem geregelten, besonnenen Ablauf. Wie verhielt er sich korrekt? Darauf hatte Levi ebenfalls eine Antwort parat: »Finde das Mittelmaß. Nicht umsonst wird es *golden* genannt.« Wenn das so leicht wäre!

Indessen war Jim nach einem Kontrollblick auf Sugar und Cicero – sie hatten ihre Position nicht verändert – in den Vorraum gegangen und öffnete die Haustür. Schneeflocken tanzten im rauen Wind.

Molly und Nat werden staunen, was in drei Wochen alles geschehen ist, dachte Jim. Und damit meinte er nicht den Wintereinbruch. Der war vorhersehbar gewesen.

Kapitel 2

Pamela ließ sich in den Stuhl fallen. »Es tut mir leid, Molly. Schon wieder habe ich unterbrechen müssen. Mary übernimmt einige meiner Tätigkeiten, dazu gehören auch Arbeiten am Computer. Leider stehen sie und die Technik auf Kriegsfuß. Ab jetzt bringt mich aber nichts und niemand dazu, von diesem Platz aufzustehen. Ich möchte alles über eure Flitterwochen erfahren.«

»Wir haben im Sommer geheiratet. Als echte Flitterwochen kann man die Reise nicht mehr bezeichnen.« Molly musterte Pamela. Irgendetwas stimmte hier nicht. Eigentlich hatten sich alle Freundinnen am Tag nach ihrer Rückkehr um vier Uhr nachmittags im Maple Lake Inn treffen wollen – Pamela, Lilly, Laurie, Dorothy, Nora und Elisabeth. Sogar Valerie, Franklins Frau, Rosalie Strauss, Eve und Monique hatten sich angekündigt. Es war als kleine Wiedersehensfeier über mehrere Generationen geplant gewesen. Nun saß sie allein mit Pamela.

Dorothys Anwesenheit war von Anfang an fraglich gewesen. Sie befand sich aktuell in einem Lesereisezyklus, und der Verlag packte laufend Termine dazu. Warum die anderen fehlten, entzog sich Mollys Kenntnis.

Sie besann sich auf Pamelas Wunsch, Details über den Urlaub zu erfahren. »Wo war ich stehen geblieben? Ach ja, Maui – unsere zweite Station nach Hawaii. Die Insel namens Hawaii, meine ich.« Molly schmunzelte. »Wir haben in einem Bungalow mit direktem Blick auf das Meer gewohnt. Das türkisblaue Wasser vor uns, überall Palmen und sattgrüne Vegetation, der schier endlose weiße Sandstrand – wie in einem wunderschönen Traum. Jeden Tag sind wir den Strand entlanggelaufen und haben Muscheln gesucht. Hand in Hand haben wir die Wellen –« Abrupt hielt sie inne. Pamelas Augenringe zeugten davon, dass sie an Schlafmangel litt, und bei jedem zaghaften Lächeln gruben sich die Falten seitlich ihrer Mundwinkel tief in die Haut, ein untrüglicher Hinweis auf Sorgen. Mit diesen Anzeichen konnte Molly nicht einfach fröhlich und das Offensichtliche ignorierend dahinplaudern. So funktionierte das nicht. »Als Nat und ich unsere Hochzeitsreise angetreten haben, war alles in bester Ordnung. Drei Wochen später scheint Maple Creek wie ausgewechselt: Ein mürrischer Jim holt uns vom Flughafen ab, dich bekümmert ohne Zweifel etwas, und die anderen sind erst gar nicht zum Treffen aufgetaucht. Was ist los?«

Pamela seufzte. »Ach Molly, was soll ich dir sagen? Während eures Urlaubs sind einige Probleme aufgetreten. Ich wollte dich nicht sofort damit überfallen, sondern für einen Moment in deine mitgebrachte Sonne fliehen. Mein Vorhaben hat wohl nicht geklappt?«

»Hast du heute schon in den Spiegel gesehen? Erschöpfung und Sorge stehen dir buchstäblich ins Gesicht geschrieben. Erzähl bitte.«

»Nun gut.« Pamela nickte. »Im Grunde hat alles mit Fred begonnen. Er war wie der erste Dominostein, der umfällt und die anderen mit sich reißt.«

»Lauries Fred, ihr Koch? Was ist passiert? Hat er einen Fehler begangen oder gar gekündigt?« Entschuldigend hob Molly die Hand. »Sorry, zu viele Fragen auf einmal. Berichte weiter.«

»Nichts dergleichen. Fred ist ein gutmütiger, herzlicher Mensch, und wie du weißt, hat er die Mädchen von Anfang an fest ins Herz geschlossen. Um Amira und Samara eine Freude zu bereiten, hat er ein Gericht aus ihrer Heimat gekocht und es sich nicht nehmen lassen, es uns vor seinem Arbeitsbeginn nach Hause zu bringen. Während ich den Tisch gedeckt habe, ist ihm Lilly mit den Mädchen entgegengegangen. Sie sind gerade um die Ecke des Hotels gebogen, als Fred die Zufahrt entlangkam. Er hat wahrscheinlich nicht auf den Weg geachtet, ist auf einer Eisplatte ausgerutscht und gestürzt.«

»Ach oje. Hat er sich schwer verletzt?«

»Wie man es nimmt. Sein rechter Arm liegt im Gips. Zum Glück ein glatter Bruch. Levi hat sich die Röntgenbilder aus dem Krankenhaus angeschaut und meinte, die Stelle wird gut und ohne Komplikationen verheilen.« Kurz schloss Pamela die Augen und atmete tief durch. »Amira und Samara haben alles mit angesehen und gehört: wie er ins Straucheln geriet und fiel, seinen entsetzten Aufschrei, das schmerzvolle Wehklagen. Laut unserer Psychotherapeutin, die die Mädchen betreut, hat dieser Anblick bei ihnen schreckliche Erinnerungen wachgerufen. Derartige Situationen sind offenbar eng mit Schmerz, Verlust und letztlich dem Tod verknüpft.« Pamela schluchzte auf. »Ich darf keine Sekunde daran denken, was die beiden in Syrien erlebt haben. Tu ich es doch, drehe ich beinahe durch.«

Deutlich spürte Molly, wie der Knoten, der sich während Pamelas Beschreibung der Ereignisse in ihrem Hals gebildet hatte, anschwoll. Ihr Magen hatte sich längst verkrampft. »Wie bewältigen sie es?«, fragte sie leise.

»Amira erstaunlich gut. Sie war anfänglich geschockt, hat aber Freds Unfall als solchen sowie die Folgen begriffen: Sturz, gebrochener Arm, Heilung. Somit ist es für sie kein Thema. Samara hingegen leidet fürchterlich. Sie wird von Albträumen geplagt, hat Panikattacken und Angstanfälle. Beruhigen lässt sie sich ausschließlich von Lilly und mir. Das bedeutet, eine von uns beiden muss immer in nächster Nähe sein.«

»Monique ist so gern mit den Mädchen spazieren gegangen, und Miles hat diese kleinen Abenteuerausflüge in die Wälder unternommen. Ist das noch möglich?«

»Nein. Samara und Amira halten sich die meiste Zeit bei mir im Hotel auf.«

»Und wo sind sie jetzt?«

»Elisabeth spielt mit ihnen, damit ich dir alles in Ruhe erzählen kann.« Pamela zeigte ein leises Lächeln. »Genau genommen machen sie zu dritt den Keller unsicher. Da gibt es viel aufzustöbern. Bevor du gekommen bist, haben sie Kartons mit Weihnachtsschmuck und unzählige Lichterketten gefunden. Morgen wollen sie das Hotel gemeinsam verschönern. Vorbei ist es mit meiner dezenten Weihnachtsdekoration.«

»Dann achtet Elisabeth auf die Kinder, wenn du arbeitest? Das ist sehr nett von ihr.«

»O Molly, wenn du wüsstest! Nicht bloß Lilly und ich stecken in der Klemme, genauso Laurie und Tom. Fred fällt für mehrere Wochen aus, und Laurie hat wieder die Küche in der Tavern übernommen. Ab dem Nachmittag braucht Benji somit ebenfalls einen Babysitter. Diesen Part übernehmen meistens unsere Youngsters. Timothy, Eve, Miles und Monique verhalten sich großartig, auch wenn sie von uns natürlich bezahlt werden. Ach was, jeder verhält sich großartig und unterstützt uns, sowohl bei der Kinderbetreuung als auch bei der Arbeit. Nora etwa hat ihr Pensum in der Agentur weiter hochgefahren. Lilly ist ihr unendlich dankbar und sagt, Nora sei fantastisch und rangiere in der absoluten Oberliga. Jim freut die Entwicklung leider weniger. Er ist unzufrieden, weil sich Nora seines Erachtens nicht ausreichend schont. Die beiden streiten oft.«

Unweigerlich dachte Molly an Jims leidliche Stimmung, als er sie vom Flughafen abgeholt hatte. »Ich habe Jim noch nie so verdrossen erlebt wie gestern. Nun verstehe ich, warum er schlecht drauf ist … und nur wir beide hier sitzen.«

»Laurie ist bereits in der Tavern, Miles hütet Benji. Später wird er von Eve und Timothy abgelöst, damit er Tom in der Bar helfen kann. Monique ist heute in der Abendschule. Elisabeth befindet sich – wie erwähnt – auf Kellerexpedition mit den Mädchen, und Lilly und Nora haben eine wichtige Präsentation bei einem Kunden.« Pamela ließ den Kopf sinken. »So läuft es seit zweieinhalb Wochen, und offen gestanden herrscht das reinste Durcheinander. Es ist schwierig, den Überblick zu behalten. Teilweise haben wir keine Ahnung, wer wann wo ist. Zudem hinkt jeder der Zeit hinterher.«

»Pam, warum haben Nat und ich im Urlaub nichts davon erfahren? Es gab doch ständig Kontakt.«

»Der Beschluss war einhellig: Unsere Probleme dürfen eure Hochzeitsreise nicht belasten. Außerdem wäre euch zuzutrauen gewesen, dass ihr die Koffer packt und zurückfliegt.« Zum ersten Mal seit Beginn des Gesprächs schmunzelte Pamela. »Selten schaffen es die Einwohner Maple Creeks, dichtzuhalten.«

Kurz schwenkte Mollys Blick zum Fenster, und sie betrachtete den mit dunkelgrauen Wolken verhangenen Himmel. »Ein paar Stunden Flug, und man landet mitten im Winter – und in der Realität.« Jäh richtete sie sich auf. »Ich helfe euch selbstverständlich ebenfalls. Morgen bin ich in der Redaktion und rede gleich mit Franklin. Bestimmt kann ich mich stellenweise freispielen.«

»Franklin?« Valerie war unbemerkt an den Tisch getreten und zog sich den Stuhl neben Molly zurecht. »Sei dir seiner Unterstützung nicht sicher. Mein lieber Ehemann hat vergangene Woche eine Information über ›du weißt schon wen‹ erhalten und sich erneut völlig in der Sache vergraben. Es ist zum Verzweifeln. Ich dachte, das Thema sei ausgestanden. Aber lassen wir das. Wie war der Urlaub?«

»Bei all den Ereignissen in Maple Creek sind die Palmen und der weiße Sandstrand schlagartig in den Hintergrund gerückt«, erwiderte Molly. »Ich bin –«

Pamela fuhr hoch. »Verdammt! Valerie, bitte entschuldige. Ich habe vergessen, dich und Rosalie anzurufen, um abzusagen. Die geplante Wiederkehrfeier findet – wie du unschwer erkennen kannst – nicht statt. Wir sitzen nur zusammen, weil ich Molly von der aktuellen Situation erzählt habe.«

»Ach, mach dir nichts draus. Dein Kopf ist randvoll mit anderen Dingen. Ich freue mich auch über eine Kleinstrunde«, antwortete Valerie.

Bevor Pamela etwas entgegnete, drangen Kinderstimmen

zu ihnen vor, und gleich darauf stürmten die Mädchen gefolgt von Elisabeth in den Aufenthaltsraum.

»Molly! Juchhu!«, riefen Samara und Amira wie aus einem Mund und umarmten Molly ungestüm.

Kapitel 3

Molly betrat den Vorraum und warf einen erstaunten Blick auf Nats Parker. Eigentlich hatte er angekündigt, länger im Büro zu bleiben. Deshalb war sie nach dem Treffen mit Pamela in die Redaktion der *Maple Creek News Time* gefahren. Einerseits hatte sie sich von den Hiobsbotschaften ablenken wollen, zum anderen war Valeries Hinweis auf Franklins Jagd nach »du weißt schon wem« Grund genug gewesen herauszufinden, was tatsächlich dahintersteckte.

Franklin hatte keine unnötige Zeit mit Small Talk und ausschweifenden Fragen über ihre Reise nach Hawaii verschwendet, sondern war rasch zuerst auf die Vorkommnisse in der Redaktion und dann auf den Reverend eingegangen. Ein Kollege Franklins aus seiner aktiven Journalistenära hatte es über mehrere Ecken geschafft, die Einwanderungsdaten des Reverends einzusehen, und offensichtlich wiesen die Unterlagen Lücken auf. Um welche Lücken es sich handelte, hatte sich Molly nicht genau gemerkt – irgendwelche wichtigen Angaben waren unzureichend vermerkt, bestimmte Dokumente angeblich verschwunden, an einer Stelle fehlte ein Datum.

Anfänglich hatte Molly an Franklins Suche durchaus Interesse gehabt und eine gewisse Neugierde verspürt, mittlerweile war die Spannung erloschen, und der Reverend begann ihr sogar leidzutun.

Molly ging in die Küche und weiter in den Wintergarten.

Nat hatte es sich auf der Couch bequem gemacht und blätterte in einer Zeitschrift. Die Bilder verrieten, dass er in einem Architekturmagazin las.

Er lächelte ihr zu. »Ich dachte, du kommst früher.«

»Und ich, du später. Deshalb habe ich mit Absicht getrödelt.« Molly setzte sich zu ihm. »Hast du schon von Freds Unfall und den Folgen gehört?«

»Auf dem Heimweg bin ich bei der Tavern stehen geblieben, um Tom Hallo zu sagen. Er hat mich informiert. Sein Versuch, die Umstände zu bagatellisieren, ist kläglich gescheitert. Allein die Ringe unter seinen Augen sprechen Bände. Laurie hat bloß kurz die Küche verlassen, um mich zu begrüßen. Sie sieht genauso fertig aus. Nun verstehe ich auch, warum Jim gestern so seltsam und verschlossen war.« Nat legte den Arm um Molly und zog sie zu sich. »Während wir glücklich im Meer geplanscht haben, ist hier einiges geschehen. Murphys Gesetz schlägt manchmal unbarmherzig zu. Und begonnen hat alles mit Dorothy und Jack.«

Molly horchte auf. Die beiden hatten zwar nichts mit Freds Unfall und den daraus resultierenden Umständen zu tun, doch in der Tat waren sie die Ersten mit Problemen gewesen. Dorothy hatte einen neuen Buchvertrag unterschrieben, mit dem sie sich zu einer Reihe von Werbeaktionen verpflichtet hatte. Die Lesereise war nur ein Teil des Ganzen. Jack befand sich in einem ähnlichen Zeitdilemma. Er war in ein neues Großprojekt involviert, das ihn rund um die Uhr beschäftigte. Sosehr sich die beiden bemühten und versuchten, einen Rhythmus zu finden, liefen sie ständig aneinander vorbei. »Ist bei dir in der Firma zumindest alles in Ordnung?«, fragte Molly.

»Jaja, nichts Dramatisches, in der Baubranche ist der Winter im wahrsten Sinne des Wortes die kälteste Phase. Die nächsten Tage habe ich einiges aufzuarbeiten, danach läuft es recht locker weiter. Und bei dir in der Redaktion? Wie ich dich kenne, bist du nicht bei deinem Plan geblieben, dich erst ab morgen mit der Arbeit zu beschäftigen.«

»Oh, den hätte ich fest eingehalten, wären nicht die Neuigkeiten hinzugekommen. Ich habe aber wirklich ausschließlich mit Franklin geredet und kein einziges Blatt Papier auf meinem Schreibtisch berührt – das schwöre ich.« Molly hob die Schultern. »Eigentlich hatte ich vor, mir mit Franklins Unterstützung Zeit freizuschaufeln, um Pam, Lilly und Laurie zu helfen. Nach dem Gespräch mit ihm befürchte ich allerdings, dass mein Vorhaben weitgehend ins Wasser fällt.

Für Franklin scheint die Redaktion kaum noch Bedeutung zu haben. Lieber jagt er einem Phantom hinterher. Unsere Unterhaltung teilte sich in fünfundzwanzig Prozent Arbeit, fünf Prozent Urlaub und siebzig Reverend auf.«

»Für mich klingt das, als wollte er seine Jugend partout aufleben lassen – wie eine verspätete Midlife-Crisis. Womöglich solltest du ihn an seine Position als Chefredakteur erinnern.«

Nat winkte ab. »Ich habe mir auch schon überlegt, wie wir beide in das Schlamassel eingreifen könnten. Samara bereitet mir die meisten Sorgen. Wenn wenigstens Dorothy wie ursprünglich geplant in Maple Creek wäre. Ihre Gegenwart würde auf jeden Fall einen positiven Einfluss auf die Kleine nehmen. Sie und Samara haben einen Draht zueinander.«

Molly nickte. Während Amira offen auf Menschen zuging, verhielt sich Samara anfänglich zurückhaltend. Allein auf Dorothy hatte sie sofort reagiert. Umgekehrt war der Funke genauso schnell übergesprungen, was Molly noch mehr erstaunt hatte. Dorothy verfügte über keinerlei Erfahrung mit Kindern und begegnete ihnen im Normalfall reserviert und mit einem ansehnlichen Sicherheitsabstand.

»Auf der Heimfahrt habe ich mit Dorothy telefoniert. Sie denkt oft an Samara und will die Weihnachtsfeiertage unbedingt hier verbringen. O-Ton: ›Am 24. Dezember schnuppere ich die Luft Maple Creeks, komme, was wolle. Der Verlag kann mich kreuzweise. Bei einem Heiligabend-Termin spiele ich nicht mit.‹« Molly seufzte auf. »Samaras Problem zu beseitigen, liegt leider nicht in unserer Macht, aber an anderer Stelle müssen wir uns irgendwie einschalten. Lass uns etwas finden, womit wir alle entlasten. Du hast deine Schwester seit unserer Rückkehr nicht getroffen. Ich war schockiert, Nat. Pam ist im Augenblick nicht Pam. Sie scheint am Ende ihrer Kräfte zu sein.«

»Bei Tom und Laurie habe ich denselben Eindruck. Gemäß Toms Schilderung verläuft die gegenseitige Unterstützung ohne Struktur, und häufig entsteht dadurch ein heilloses Durcheinander. Das bringt zusätzlichen Stress, der mit einem geregelten Ablauf leicht zu vermeiden wäre.«

»Von Pam habe ich Ähnliches gehört. Ich glaube, bis jetzt hat niemand die Muße gefunden, sich mit einer sorgfältigen Organisation zu beschäftigen.«

Nat klatschte in die Hände. »Die Lösung wäre ein fester Zeitplan. Was würden wir als Basis benötigen?«

»Die Termine aller Beteiligten. Laurie zum Beispiel arbeitet jeden Tag außer Sonntag von drei Uhr am Nachmittag bis etwa elf Uhr nachts in der Tavern. Wann hat Miles Bardienst? Wie ist die Anwesenheit im Büro der Agentur geregelt? Und so weiter.«

»Genau. Jede Kleinigkeit müsste miteinbezogen werden – von Moniques Abendschule bis zu den Therapiesitzungen der Mädchen in Abstimmung mit Pam und Lilly. Darüber hinaus wäre die Frage zu klären, welche Aufgaben im Homeoffice während des Babysittings erledigt werden könnten.

Das träfe zwei Fliegen mit einer Klappe. Und wir bräuchten Springer, die für den Notfall einsatzbereit wären. Weißt du, worauf ich hinauswill? Wenn sich ein Termin hinauszögert, wirft man bloß einen Blick auf den Plan und sieht, wer Bereitschaft hat. Transparenz ist das Wichtigste.« Nat sprang auf. »Im Keller habe ich eine große Pinnwand, die bringe ich rauf. Am besten, wir fangen gleich an. Hol bitte inzwischen einen Schreibblock und unsere Handys.« Schnell schaute er auf seine Armbanduhr. »Es ist nicht zu spät, um einen Rundruf zu starten. Bis morgen Abend möchte ich von jedem eine Terminauflistung haben.«

»Die Idee ist großartig, aber eine gewaltige Aufgabe«, gab Molly zu bedenken. »Sie endet nicht mit einem Ist-Stand. Ständig kämen neue Daten hinzu, und bestehende müssten sicherlich auch mal verändert werden. Das ist dir klar, oder?«

»Ehrlich? Bei den Hochzeitsvorbereitungen wäre ich ohne unsere Freunde verloren gewesen. Nun drehe ich den Spieß um. Du und ich packen an und legen ihnen einen fertigen Plan vor, laufende Betreuung inklusive. Und der Wintergarten wird zur Schaltzentrale.«

Molly lächelte. »Gäbe es freien Platz nach oben, würde ich dich noch mehr lieben.«

Kapitel 4

»Voller Erfolg auf der ganzen Linie! Sam Springfield war begeistert von uns – und ich von Lilly. Sie ist top. Und gemeinsam sind wir ein Dream-Team.« Nora strahlte Jim an. »Wollen wir den Sieg in der Tavern mit einem Glas Wein feiern? Laurie hat pochierten Lachs auf die Karte gesetzt. Wir machen es uns an einem Tisch gemütlich und verbringen einen richtig schönen Abend.«

»Wie ich hörte, ist Lilly in gleichem Maß von dir angetan.« Jim nahm die Lesebrille ab und legte sie auf den Couchtisch. »Ich habe gekocht. Es wäre schade um die Lasagne – Gemüselasagne mit Vollkornteigblättern. Davor bin ich mit den Hunden spazieren gegangen. Die Wäsche ist im Trockner und das Geschirr im Spüler. Oh, auf Netflix läuft eine neue skandinavische Krimiserie. Ich habe mir zwei Folgen angesehen.«

Nora zog die Brauen hoch. »Vorschlag: Ich laufe zurück in den Flur und wiederhole den Gang ins Wohnzimmer. Du verhältst dich anschließend nicht wie ein frustrierter Hausmann, und ich zügle meine Freude. Die scheint dir mehr zu missfallen als die Arbeit selbst. In Ordnung?«

»Lass den Sarkasmus. Das ist lächerlich.«

»Wenn ich auf diese Weise empfangen werde, fällt es mir schwer, anders zu reagieren.« Langsam hatte Nora genug. Sie wusste, dass Jims Nörgeleien der Angst vor einem zweiten Herzinfarkt entsprangen. Deshalb hatte sie viele Ermahnungen und Tadel kommentarlos hingenommen. Seit der Mehrarbeit in der Agentur war er jedoch dauernd missgestimmt. Kaum noch wechselten sie ein liebevolles Wort oder unterhielten sich über neutrale Themen. Nora gab gern zu, dass ihr die Aufgaben bei Lilly einen enormen Auftrieb gaben und dem Ego guttaten, nichtsdestoweniger würde sie unverzüglich zurückschrauben, sobald sich die Situation normalisiert hatte. Genau das war der springende Punkt. Jim vertraute ihr nicht. In seinem Verständnis hatte sie Blut geleckt und würde nicht eher ruhen, bis die Arbeit sie wieder voll einnahm. *So kann es nicht weitergehen. Es ist Zeit, die Angelegenheit offen anzusprechen.*

Nora setzte sich und ergriff Jims Hand. »Wir schlittern geradewegs in eine Krise. Sind deine Gefühle für mich vergangen, ist die Lösung einfach. Andernfalls wird es kompliziert. Dann müssen wir nämlich gemeinsam einen Weg aus der Misere finden. Der momentane Zustand ist unerträglich und zermürbt uns beide.«

»Ich weiß«, entgegnete Jim. »Ich liebe dich über alles, daran hat sich nichts geändert. Gegen deine Handlungen komme ich aber nicht an. Sie rufen in mir eine Unruhe hervor, die in den letzten beiden Wochen zur Wut angewachsen ist. Versteh endlich, was du mit deinem Körper anstellst. Du spielst russisches Roulette.«

»Diese Wut, von der du sprichst, macht dich zu einem anderen Menschen, Jim. Mir fehlen deine Fröhlichkeit und dein feiner Wortwitz. Wärme und Empathie sind nicht mehr vorhanden.« Nora stöhnte auf. »Auf Anhieb könnte ich dir zwanzig Dinge nennen, die plötzlich verschwunden sind.«

»Es gibt für dich also nichts mehr, das es sich zu lieben lohnt. Willst du darauf hinaus?«

»Nein! Ich liebe dich ungebrochen.« Nora lehnte sich zurück. Eine Weile lang schwieg sie. »Fehlende Liebe und Mangel an echten Gefühlen sind nicht unser Problem. Nun, das bringt uns einen Schritt weiter.«

»Danach treten wir allerdings auf der Stelle.«

Nora nickte. »Da hast du wohl recht. Solange Lilly und Pam in derartigen Schwierigkeiten stecken, werde ich meine Arbeitsintensität beibehalten. Es erübrigt sich, dir zu erläutern, welches Ausmaß das Chaos angenommen hat.«

»Weil es zwei Baustellen zu betreuen gibt: Pam und Lilly, Laurie und Tom«, antwortete Jim prompt. »Ich habe mehrfach betont, dass ein System notwendig wäre. Jeder reagiert, von Agieren kann keine Rede sein. Der vergangene Dienstag war das beste Beispiel: Pam glaubte, Monique passe am Nachmittag auf die Mädchen auf. Laurie war sicher, dass sie bei ihr babysittet. Tatsächlich musste Monique um fünf Uhr wegen einer Zwischenprüfung in der Schule sein. Im Endeffekt spielte Elisabeth mit Samara und Amira, ich saß bei Benji, damit du zur Ruhe kommst.«

Wenn er wüsste, wie oft ähnliche Irrtümer bereits passiert sind, dachte Nora. Prinzipiell war sie selbstverständlich Jims Meinung. Sämtliche Termine zu organisieren, benötigte jedoch nicht nur einen freien Kopf, sondern auch viel Zeit – beides war aktuell Mangelware. »Ach, das ist unglücklich gelaufen. Pam hatte Monique falsch verstanden. Sie und Lilly haben es doppelt schwer. Auf ihnen lastet zusätzlich die Sorge um Samara. Im Augenblick leben sie in der ständigen Angst vor einem neuen Anfall. Hast du eine Ahnung, welche Belastung das darstellt?«

Jim fixierte Nora. »O ja, die habe ich.«

Schon wieder steckten sie fest. Gegenwärtig verlief jedes Gespräch nach dem gleichen Schema: Sie begannen zu diskutieren, es folgten klare Aussagen, und die Fronten verhärteten sich. Sie kamen einfach auf keinen grünen Zweig. »Was tun wir nun?«, fragte Nora.

»Weder du noch ich weichen von unserem Standpunkt ab, also sind uns einstweilen die Hände gebunden. Warten wir, bis sich die Lage entspannt hat. Dann entscheiden wir, was zu tun ist. Zwischenzeitlich hoffe ich auf ein kleines Wunder.«

Noras Blick schwenkte zum Fenster. Die dicken Schneeflocken blieben sogar auf der Glasscheibe kleben. Sie sahen aus wie winzige weiße Wollknäuel. Weihnachten stand vor der Tür, und eigentlich sollten sie fröhlich sein, Geschenke einkaufen, das Haus dekorieren und Punsch trinken. *Ja, ein kleines Wunder wäre fantastisch und würde nicht bloß Jim und mir guttun.*

Kapitel 5

Lilly betrat die Küche und setzte sich zu Pamela, die wie in Trance ihre Kaffeetasse anstarrte. »Sie sind eingeschlafen. Ich schenke uns zwei Gläser Wein ein, okay?«

»Nein danke. Ich bin zu erledigt, um zu trinken.« Pamela deutete auf die Tasse. »Ich habe noch keinen Schluck genommen.«

Lilly streckte die Hand aus und legte sie auf Pamelas Unterarm. »Wir durchleben eine anstrengende Zeit, aber gemeinsam stehen wir sie durch. Samara hatte ihren letzten Anfall vor drei Tagen. Das ist ein tolles Zeichen.« Lilly wusste, dass Pamela jede tränenfreie Stunde Samaras in Gedanken bejubelte. Warum blieb ihre Miene bei der Erwähnung dieses Erfolgs unverändert? An der Müdigkeit lag es bestimmt nicht. Etwas anderes musste sie beschäftigen. »Was ist los mit dir?«

»Nat ist zurück«, murmelte Pamela.

»Ja, und? Ich bin offen gestanden heilfroh darüber. Es ist

mir schwergefallen, ihn und Molly während des Urlaubs zu belügen, selbst für den guten Zweck. Außerdem habe ich vor, die beiden ein wenig auszunutzen – im besten Sinne natürlich. Vielleicht unternehmen sie mit Amira am Wochenende einen Ausflug. Amira möchte unbedingt den großen Wasserfall sehen. Monique hat ihr von den riesigen Eiszapfen erzählt, die sich im Winter seitlich an den Felsvorsprüngen bilden.« Lilly zog die Beine an und schlang die Arme um die Knie. »Durch Samaras Panikattacken rücken Amiras Bedürfnisse in den Hintergrund. Das auszugleichen, ist ebenso relevant, wie Samara aus ihrem Tief zu holen.«

Pamela nickte. »Die Idee ist spitze, warten wir aber noch ein bisschen. Amira weicht Samara nicht freiwillig von der Seite. Es würde sie in einen Zwiespalt bringen: Vergnügen versus Achtgeben.« Sie lächelte zaghaft. »Im Grunde bin ich genauso erleichtert, dass Nat zurück ist. Er ist mein Bruder und für die Mädchen eine wichtige Bezugsperson. Ich habe nur Angst vor seiner Meinung.«

Wortlos stand Lilly auf und ging zum Kühlschrank. Während sie mit einer Hand eine Flasche Weißwein aus dem Getränkefach zog, öffnete sie mit der anderen einen Schrank und entnahm zwei Gläser. Nachdem sie eingeschenkt hatte, setzte sie sich wieder und schob Pamela ein Glas zu. »Trink oder nicht, ich jedenfalls benötige jetzt einen Schluck. Was du gesagt hast, verwirrt mich nämlich. Meinung wozu? Und warum hast du Angst?«

Pamela seufzte auf. »Du hast indirekt miterlebt, wie schwierig es für mich war, Nat klarzumachen, warum ich Maple Creek damals verlassen habe. Heute ist er stolz auf mich, und unser Verhältnis ist enger denn je.« Versonnen hob sie das Glas. »Nat ist mental ungemein stark. Für jede ihm gestellte Herausforderung hat er eine Lösung griffbereit. Er verzweifelt nicht, kennt keine Unsicherheit und weiß genau, wie er Aufgaben anzupacken hat. Wir hingegen tun nicht mehr, als Löcher zu stopfen und von einer Stunde zur nächsten zu hetzen. Von einem reibungslosen Ablauf sind wir meilenweit entfernt. Und ich selbst breche unter der Last beinahe zusammen.«

»Noch immer bin ich unschlüssig, worauf du hinauswillst, doch lass mich dich daran erinnern, wer ihn und Molly zusammengebracht hat. Ohne dich wären die beiden wahrscheinlich kein Paar geworden«, erwiderte Lilly. Selbstverständlich wusste sie, dass Pamela nicht von privaten Belangen sprach. Auch hatte sie eine Vorstellung davon, womit Pam haderte. Um die richtigen Worte zu finden und die Angst zu bekämpfen, brauchte Lilly jedoch den exakten Auslöser.

»Ist das so schwer? Ich möchte nicht, dass Nat in mir erneut die schwache, hilflose Schwester sieht, die nichts im Griff hat.«

»Wie kommst du bloß auf diesen abwegigen Gedanken? Schon der Ansatz ist falsch. Du sitzt fest im Sattel. Dein einziger Fehler damals war, Nat die Beweggründe nicht zu erklären. Nur deshalb hatte er ein verfälschtes Bild von dir. Er würde nie –« Lillys Kopf ruckte hoch. »Das ist mein Klingelton. Wer ruft um diese Uhrzeit an?« Sie sprang auf und lief in den Vorraum. Hastig zog sie das Handy aus ihrer Handtasche und blickte auf das Display. Nat? »Hi! Ist alles in Ordnung bei euch?«

»Alles bestens. Bringt Pam gerade die Kinder ins Bett? Ich habe es bei ihr versucht, sie hebt nicht ab – egal. Hör zu! Molly und ich erstellen für euch einen Terminplan, Details folgen. Damit entfällt das Zeitmanagementproblem, von dem ich gehört habe. Dazu benötige ich von dir und Pam bis spätestens morgen Abend eine Liste eurer Termine, auch die der Mädchen. Komplett bitte. Alles klar? Ich muss noch bei den anderen durchrufen. Schönen Abend, Lilly. Kuss für die Mädchen und meine Schwester.«

»Okay. Ich –«, antwortete Lilly, doch Nat hatte bereits aufgelegt. Verblüfft ließ sie die Hand sinken und starrte auf das Display. Dann steckte sie das Telefon zurück in die Handtasche und ging wieder in die Küche. »Das war dein Bruder. Er und Molly übernehmen die komplette Organisation der Termine. Wir haben nichts weiter zu tun, als eine Liste zu erstellen. Ich fasse es nicht. Was sagst du?«

Pamela strich sich über die Stirn. »Was ich sage? Nat ist ein Goldschatz, und ich bin eine riesengroße Idiotin mit schlechtem Gewissen. Wie konnte ich nur im Ansatz glauben, Nat würde nicht gut über mich denken?«

Lilly schmunzelte. »Du weißt, wie ungern ich dir widerspreche. Also lasse ich es und hole stattdessen Schreibblock und Stift.«

Kapitel 6

Molly betrat die Redaktion der *Maple Creek News Time* und begab sich nach einem Zwischenstopp in der Personalküche mit einer dampfenden Tasse Kaffee direkt zu ihrem Schreibtisch. Um Nat tatkräftig bei der Erstellung des Organisationsplans zu unterstützen, hatte sie sich die Deadline fünf Uhr gesetzt. Bis dahin musste das Wichtigste erledigt sein.

Mit einem Seufzer ließ Molly den Blick über die Papierstapel wandern, die sich während ihres Urlaubs angesammelt hatten. Warum lagen die Abrechnungen der Anzeigenabteilung auf ihrem Tisch? Und weshalb war Elisabeths Artikel noch nicht freigegeben? Sie verdrehte die Augen. Bargen diese Aktenberge weitere Überraschungen, die nichts mit ihren Aufgaben zu tun hatten?

O Gott, ich will zurück, dachte sie und stellte sich ihre Lieblingsstelle auf Maui vor: einen Felsvorsprung, der ins Meer reichte. Beinahe jeden Abend hatten sie dort gesessen und beobachtet, wie die Sonne im Meer verschwand. Ganz vorne klatschten die Wellen besonders hart gegen den Felsen. Die Gischt spritzte hoch, besprühte alles mit einem feinen Meeresregen, und bei einem bestimmten Lichteinfall glitzerten die Tropfen in den Farben des Regenbogens.

Erbarmungslos und zu rasch waren Nat und sie mitten in der Realität gelandet: die Probleme ihrer Freunde, der Winter mit seiner eisigen Kälte, und allem voran das Leid der kleinen Samara. Und weil das offenbar nicht ausreichte, schien Franklin die Redaktion zugunsten des Reverends tatsächlich vernachlässigt zu haben. Ihr Aufgabenspektrum war breitgefächert und lastete sie aus. Zusätzlich die Tätigkeiten des Chefredakteurs zu erledigen, würde sie nicht schaffen. Von dem Gedanken, ihre Freunde zu unterstützen, konnte sie sich unter diesem Gesichtspunkt auf der Stelle verabschieden.

»Darf ich mich setzen?«

Molly war nicht aufgefallen, dass Elisabeth die Redaktion betreten hatte. »Ja, klar. Ich weiß sowieso nicht, wo ich anfangen soll. Sieh dir das an!« Sie ließ die Hand über den Schreibtisch gleiten. »Franklin ist mein Chef. Ich kann ihm doch nicht befehlen, dass er seine Arbeit gefälligst selbst zu erledigen hat.«

»Vielleicht ist der Moment gekommen.«

»Welcher Moment?«

Elisabeth beugte sich vor. »Natürlich haben wir alle bemerkt, womit sich Franklin vorrangig beschäftigt. Das geschieht sicherlich nicht ohne Grund.«

»Du sprichst in Rätseln, Elisabeth.«

»Herrje, Molly. Franklin konzentriert sich auf andere Dinge als die Arbeit, weil er beabsichtigt, das Zepter bei der *Maple Creek News Time* abzugeben – an dich!«

»Nein, da liegst du falsch. Frühestens Ende nächsten Jahres möchte er in Rente gehen. Und nicht mal das steht fest.« Molly biss sich auf die Unterlippe. »Hat Franklin etwas zu dir gesagt?« Er und Elisabeth kannten sich seit vielen Jahren und hatten durch Elisabeths Vater eine besondere Verbindung zueinander. Wie käme sie sonst auf diesen abwegigen Gedanken?

»Es ist mein Gefühl. Ich bin gut darin, Menschen zu beobachten und Rückschlüsse zu ziehen. Meistens liege ich richtig. Das hat mir in der Phase der gerüchteverbreitenden Giftschlange oft geholfen«, antwortete Elisabeth.

Unwillkürlich musste Molly schmunzeln. Elisabeth war in der Tat eine Giftschlange gewesen, die ihr den Start in Maple Creek schwer gemacht hatte. Umso mehr war sie ihr heute zugetan. *Franklin soll den Reverend endlich in Ruhe lassen!*, schoss es Molly durch den Kopf. Der Mann hatte Elisabeths Krankheitssymptome erkannt und korrekt gehandelt. Ein anderer wäre eventuell nicht so umsichtig vorgegangen. »Bist du eigentlich noch in Therapie?«, fragte Molly, um sich von ihrem Ärger über Franklin abzulenken.

»Ich gehe freiwillig, und die Medikamente werde ich wohl nie komplett absetzen dürfen. Es ist ein geringer Preis für meine Gesundheit und stört mich nicht. Ich bin glücklich, Morris ist glücklich. Mehr wünsche ich mir nicht.«

Molly lächelte. »Das freut mich aufrichtig. Seit der Rückkehr aus dem Urlaub sehe ich hauptsächlich bekümmerte, abgespannte Gesichter. Genau genommen sehe ich sie nicht einmal, weil niemand Zeit hat.« Sie beäugte die Papiertürme. »Ich wahrscheinlich bald genauso wenig.«

»Alles eine Sache des Timings, Molly. Du wirst es schaffen, egal ob sich Franklin in einem Monat oder in einem Jahr verabschiedet. Jetzt wärest du sogar in Übung. Ein Zeitplan nur für dich ist nach eurem großen Vorhaben ein Kinderspiel. Morris und ich finden es übrigens großartig, dass ihr euch dessen annehmt. Nach Nats Anruf gestern haben wir uns sofort auf die Liste gestürzt. Morris ergänzt sie noch im Büro und schickt sie an Nat.« Unvermittelt schwand Elisabeths freudige Miene. »Die meisten Sorgen mache ich mir um Jim und Nora. Ihre Krise ist nicht durch äußere Umstände hervorgerufen worden, sie erschaffen sie selbst. Zudem haben sie bloß sich. Samara wird dank Pams und Lillys Liebe einen Weg aus ihren Ängsten finden, Laurie und Tom geben sich gegenseitig Kraft, außerdem ist ihr Problem begrenzt.«

»Ich ahnte nicht, dass es so schlimm um die beiden steht«, entgegnete Molly. »Jim und Nora sind Starrköpfe, die lange

Zeit auf niemanden achtgeben mussten. Deshalb hatte ich es offen gestanden nicht so eng gesehen.«

»Unlängst in der Tavern haben Morris und ich einen Streit zwischen ihnen miterlebt. Die Fronten scheinen ziemlich verhärtet zu sein.«

»Vor unserem Abflug waren sie gerade dabei, das Projekt *dritter Hund* in Angriff zu nehmen. Was ist damit?«

»Auf Eis gelegt. Das weiß ich von Morris – er und Jim reden.«

Molly senkte die Lider. Als sie wegen Tante Gynnies Tod nach Maple Creek zurückgekehrt war, hatte sich Jim rührend um sie gekümmert. Heute war er ihr engster väterlicher Freund. Für Nora hatte sie in New York gearbeitet. In vielerlei Hinsicht war sie ihr großes Vorbild, und Molly hatte Nora auch privat fest ins Herz geschlossen. Die beiden durften nicht auseinanderdriften.

»Guten Morgen, meine Damen!«, rief Franklin von der Tür und winkte aus der Entfernung. Als er bei Mollys Schreibtisch anlangte, sagte er mit einem breiten Grinsen: »Der frühe Vogel fängt den Wurm, nicht wahr?«

»Nicht mal der dünnste Regenwurm fände ein Plätzchen auf meinem Schreibtisch. Halte ich mich nicht ran, werde ich nie fertig«, antwortete Molly.

»Gewöhne dich daran. Ich hoffe, du hast dich ausreichend erholt. Es kommt einiges auf dich zu.« Franklin zeigte auf den höchsten Stapel. »Wenn du irgendwelche Fragen hast, stelle sie demnächst oder morgen. In zwei Stunden bin ich wieder unterwegs.« Er nickte bekräftigend und betrat sein Büro.

Molly schaute ihm verdutzt nach. *Ich soll mich daran gewöhnen? Einiges kommt auf mich zu? Und warum ist Franklin so übertrieben fröhlich?* Ein Schauer lief über ihren Rücken. Hatte Elisabeth mit ihrer Vermutung recht?

Als sie und Nat an einem Abend auf diesem Felsen gesessen und den Sonnenuntergang beobachtet hatten, war erneut das Thema der Familienplanung aufgetaucht. Weiterhin hielten Nat und sie daran fest, dass es zu früh war, doch Kinder standen auf ihrem gemeinsamen Lebensplan. Sie freute sich ungemein auf dieses zukünftige Ereignis und malte sich gelegentlich schon jetzt bestimmte Szenen aus: den Moment der Gewissheit, das erste Ultraschallbild, eine spürbare Bewegung des Babys. Noch nie hatte Molly allerdings eingehend darüber nachgedacht, wie sie die Mutterschaft mit der Arbeit verbinden konnte. Keinesfalls wollte sie eine Mutter sein, deren Kinder von einer Nanny aufgezogen wurden, während sie von früh bis spät in der Redaktion saß. Genauso wenig war es in ihrer Vorstellung verankert, den Beruf aufzugeben. Wie schaffte man es, beidem gerecht zu werden?

Die aktuelle Situation zeigte deutlich, wie schwierig es wurde, wenn unvorhersehbare Ereignisse eintraten.

Kapitel 7

Als sie die letzten Häuser Maple Creeks hinter sich gelassen hatten, leinte Jim Sugar und Cicero ab. Sofort stürmten die beiden los.

Doctor Levi Strauss schritt schweigend neben ihm her. Bis auf die karge Begrüßung hatte er noch kein Wort gesagt.

Jim nutzte die Zeit, um die veränderte Atmosphäre der Umgebung in sich aufzunehmen. Vor einer Stunde hatte es kurz, aber kräftig geschneit, und nun schien alles rund um ihn wie mit einer frischen Puderzuckerschicht überzogen. Für ihn hatte jeder Jahreswechsel etwas Besonderes an sich. Legte sich der Schnee über die Wiesen und Felder, bedeckte die hohen Bäume bis zu den Spitzen und versilberte im Glanz spärlicher Sonnenstrahlen die Natur, kehrte Stille ein. Eine Stille, die Jim in Bezug auf Levi jetzt zu unterbrechen gedachte. »Ich bin erstaunt, dass du mich auf meiner Spazierrunde begleitest. Es handelt sich um eine Premiere.«

Levi zuckte mit den Schultern. »Ich bekomme nicht genug Bewegung und … Wie geht es Nora?«

Wenngleich Jim mit Levi offen über Nora, ihren Herzinfarkt und seine Bedenken sprach, drehte es sich bei diesem Treffen zweifellos nicht um sie. Levi lag etwas auf dem Herzen und offensichtlich benötigte er eine Anlaufzeit, um auf den Punkt zu gelangen. *Okay, also zuerst Nora.*

»Sie arbeitet zu viel, und deshalb gibt es ständig Streit«, erwiderte Jim. »Aber darüber haben wir unlängst ausführlich geredet. Mittlerweile bin ich felsenfest überzeugt, dass sie in ihr altes Muster zurückfällt. Nora beteuert zwar, dass der Mehraufwand aus der Notsituation resultiert, ich glaube ihr jedoch kein Wort. Sie ist wieder auf den Geschmack gekommen und kann nicht aufhören, selbst wenn sie sich bemühte. Es ist wie eine Sucht.«

»Ist sie jetzt auch im Büro?«, erkundigte sich Levi.

Jim nickte. »Seit morgens. Und sie wird nicht vor sechs Uhr am Abend heimkehren.«

»Hältst du noch eine Weile lang durch?«

»Mir fehlen die innige Herzlichkeit genauso wie unsere inspirierenden Gespräche und Diskussionen. Die unzähligen Gemeinsamkeiten sind wie weggefegt. Vorgestern hat Nora zu mir gesagt, ich ließe ihr keine Luft zum Atmen. Um deine Frage hinsichtlich meines Durchhaltevermögens zu beantworten: Zähle ich das alles zusammen, ist die Situation unerträglich, und jede Minute kostet mich enorme Kraft.«

»Lass dir von einem älteren Mann einen Rat geben.« Levi legte die Hand auf Jims Schulter. »Vielleicht denkst du heute, es gäbe keinen Ausweg und es sei besser, einen geraden Strich unter die Trostlosigkeit zu ziehen. So könnte Nora tun, was sie wollte, und du stündest nicht mehr unter Strom. Manche würden einen solchen Schritt sogar als aufrichtig und ehrenhaft ansehen. Für mich ist er nur idiotisch. Du versäumst nichts, wenn du abwartest und schaust, was geschieht. Ich hörte, Nat hat einen Zeitplan für alle Beteiligten erstellt. Damit wird ein geregelter Ablauf eingeführt, und wenn Nora ihr Versprechen hält, wird sie schon bald wieder weniger arbeiten.«

»Ein weiser Rat. Ich habe ja sowieso nicht vor, etwas vom Zaun zu brechen. Du weißt, wie sehr ich Nora liebe. Und mit pseudoehrenvollem Verhalten und falschem Männerstolz habe ich noch nie viel anfangen können – keine Sorge.« Jim betrachtete Levi von der Seite. Die Bezeichnung *älterer Mann* hatte sein Freund mit einer besonderen Betonung ausgesprochen. Wehte der Wind aus dieser Richtung? »Ist bei dir alles in Ordnung, Levi?«

»Ach, wie man es nimmt. Ich werde mich auf die Suche nach einem Nachfolger für meine Praxis machen. Genau genommen habe ich bereits erste Schritte eingeleitet. Für die Übergabe möchte ich dich bitten, mein juristischer Beistand zu sein.«

»Selbstverständlich.« Jim sah den Kummer in Levis Gesicht. »Warum so übereilt?«

»Das ist es nicht. In Wahrheit zögere ich die Rente seit einigen Jahren hinaus. Verdammt, Jim. Ich habe keine Ahnung, was ich später tun soll. Fischen gehen? Ein Buch nach dem anderen lesen? Rosen züchten? Mit Rosalie Kekse backen?«

»Solang dir Rosalie keine neue Enzyklopädie über europäische Geschichte schenkt. Der einzige Nutznießer wäre ich. Und in puncto Rosenzucht habe ich jede Menge Tipps auf Lager.«

»Wenn du mir diese Bücher je zurückgibst, ist unsere Freundschaft beendet. Und mein Glück in Rosensträuchern zu suchen, ist vergebene Liebesmüh.« Levi lachte auf. »Im Ernst, mir schnürt es die Kehle zu, wenn ich an die Zeit danach denke.«

»Unlängst habe ich Franklin Bauers getroffen. Er hat auffallend lange vom Ruhestand gesprochen. Ihm scheint eine mögliche Umstellung weniger Kopfzerbrechen zu bereiten. Eher wirkte er auf mich, als freute er sich darauf«, bemerkte Jim.

»Traue seinem Enthusiasmus nicht. Franklin ist ein Meister im Schönreden. Wobei er in seinem Metier tatsächlich mühelos Ablenkung fände. Bis zu seinem Tod kann er Artikel schreiben und an Zeitungen verkaufen. Aber ich? Hat sich die Tür erst einmal geschlossen, ist es vorbei mit dem Behandeln von Patienten.«

»Es muss etwas geben, das du schon immer machen wolltest, für das du jedoch nie Zeit gefunden hast«, überlegte Jim.

»Leider nein. Ich bin mit Leib und Seele Arzt – es ist mein Beruf, mein Hobby, meine Passion.«

»Lässt sich dein Wissen nicht auf andere Art einsetzen? Als Berater bei einem Kollegen oder in einem Unternehmen? Du könntest Gesundheitsvorträge halten oder Molly fragen, ob sie an einer Kolumne über Medizin für die *Maple Creek News Time* interessiert wäre.«

»Als junger, aufstrebender Arzt habe ich einige wissenschaftliche Abhandlungen geschrieben. Ich hatte Spaß daran und war ein passabler Autor. Und ich glaube, ein guter Referent zu sein. Bei einem Kollegen auszuhelfen, stelle ich mir hingegen schwierig vor. Ich war zu lange mein eigener Chef und ordne mich nicht gerne unter«, entgegnete Levi. »Weißt du, dass ich derartige Varianten noch nicht einmal in Erwägung gezogen habe?«

»Ich bin Anwalt. Es zählt zu meinen Aufgaben, ständig Lösungen für Probleme zu finden.«

»Das ist wohl wahr.« Unvermittelt hielt Levi an. »Kehren wir zurück zu dir und Nora. Eure Sorgen lassen mir keine Ruhe.«

»Beschäftige dich nicht mit uns. Du hast dein eigenes Paket zu tragen. Ich folge deinem Rat und halte die Füße still, versprochen.«

Levi nickte. »Ich nehme dich beim Wort. Als Arzt versichere ich dir, dass Nora körperlich weitgehend fit ist. Sie hat sich prächtig erholt. Einer Sache musst du dir allerdings bewusst sein: Herzinfarkt hin oder her – eine Frau wie sie wird stets ein Betätigungsfeld brauchen. Du kannst sie nicht in Watte packen und einsperren. Ein Kompromiss ist vonnöten, sowohl gesundheitlich als auch zwischenmenschlich. Wie wär's? Kommt übermorgen zum Abendessen zu uns. Ich bringe ein Gespräch ins Rollen.«

»Übermorgen sind wir verplant – von Nat. Nora und ich haben die volle Schicht bei Benjamin, nachmittags und abends. Eigentlich hätte Miles einen Teil übernommen, doch er hilft Tom in der Tavern. Jemand aus einem Nachbarort hat kurzfristig eine größere Geburtstagsfeier angekündigt.«

»Stehst du Miles noch als Mentor zur Seite? Schon länger habe ich von dir nichts über ihn gehört«, erkundigte sich Levi.

»Ja, natürlich. Aktuell ist es nur schwierig, freie Termine zu finden. Miles betätigt sich in der Tavern, dem Hotel und als Babysitter. Aber es eilt nicht. Erst nächstes Jahr im Herbst wird er mit dem Studium der Rechtswissenschaften beginnen. Bis dahin ist genügend Zeit, sich vorzubereiten. Ich zweifle nicht daran, dass er es schaffen wird. Als Bonus hat er in Monique eine wunderbare Partnerin gefunden, die ihm zur Seite steht.«

»Nach dem anfänglichen Durcheinander, wer nun in wen verliebt ist, scheinen die vier mit der jeweiligen Wahl glücklich zu sein«, antwortete Levi schmunzelnd.

Jim lachte auf. »So ist es. Und erstaunlicherweise haben

sich die Herren durchgesetzt. Timothy hat Eve erobert, Miles Monique. Ich sollte die beiden jungen Herren als Maßstab heranziehen.«

Levi stimmte in das Lachen ein. »In der Tat haben sie das in jeder Hinsicht gut hingekriegt – und du wirst das auch.«

Kapitel 8

Auf dem Esstisch in Lauries und Toms Küche türmte sich ein riesiger Wäscheberg. Molly zog den nächsten Pullover vom Stapel und begann, ihn zu falten.

»Ich habe ein schlechtes Gewissen, weil du deine Mittagspause mit meiner Wäsche verschwendest«, sagte Laurie, die ihr gegenübersaß.

»Ach was. Das ist purer Eigennutz. Sonst kämen wir überhaupt nicht zum Reden. Seit ich aus dem Urlaub zurück bin, haben wir einander kaum gesehen. Außerdem bin ich froh, wenn ich die Redaktion kurz verlassen kann. Irgendwie herrscht eine eigenartige Stimmung. Nicht generell, sondern in mir drinnen.«

Laurie hielt inne und musterte Molly. »Liegt es an Franklin und seiner Tendenz, dir früher als gedacht den Chefredaktionsposten zu übergeben?«

Molly unterbrach ihre Tätigkeit ebenfalls. »Wenn du irgendetwas darüber gehört hast, erzähl es mir bitte. Franklin verhält sich nicht mehr wie ein Chefredakteur und gibt seltsame Hinweise, eine klare Aussage tätigt er jedoch nicht. Ich möchte erfahren, woran ich bin.«

»Ich weiß nur, dass er in der Tavern eine kryptische Meldung fallen gelassen hat: Bald hätte er unendlich viel Zeit für die interessanten Dinge des Lebens – oder so ähnlich. Tom merkt sich normalerweise alles wortwörtlich, im Moment nimmt er allerdings bloß die Hälfte wahr. Er beschäftigt sich zu sehr mit mir und meinen Bedürfnissen. Schaffe ich den Mehraufwand? Wie fühle ich mich, wenn Benji von anderen betreut wird? Halte ich durch?« Jäh verzog Laurie das Gesicht und krümmte sich zusammen.

Molly sprang auf, lief um den Tisch herum und legte den Arm um sie. »Was ist los? Willst du dich hinlegen?«

»Nein, es geht. Danke.« Laurie richtete sich wieder auf. »Seit einigen Tagen habe ich Krämpfe, und es kribbelt in mir. Kribbeln klingt komisch, ist aber die beste Beschreibung des Zustands.« Sie hob den Zeigefinger. »Das bleibt unter uns, Molly! Es herrscht genug Aufregung rundherum.«

»Ich verspreche dir, niemandem etwas zu sagen, wenn du mir im Gegenzug versprichst, einen Termin bei Levi zu vereinbaren. Bitte ignoriere die Beschwerden nicht.« Weil Laurie schwieg, redete sie weiter. »Wahrscheinlich steckt nichts dahinter, dennoch ist es –«

Laurie schüttelte den Kopf. »Genau dieselben Symptome hatte ich schon einmal, und Levi ist nicht der richtige Arzt.«

»Wann war das, und wurdest du damals untersucht?«, fragte Molly mit angehaltenem Atem. Lauries sorgenvolle Miene machte sie nervös.

»Und wie ich untersucht wurde – ständig! Ich war schließlich in anderen Umständen.«

Entgeistert starrte Molly ihre Freundin an. »Denkst du, dass du wieder … schwanger bist?«

»Ich bin mir ziemlich sicher.« Laurie seufzte auf. »Es ist kein Geheimnis, dass wir uns ein zweites Kind wünschen, nur nicht jetzt. Das Intervall zwischen Benjis Geburt und einer neuerlichen Schwangerschaft liegt viel zu knapp beieinander.«

»Habt ihr denn nicht verhütet?«, erkundigte sich Molly leise.

»Ich war noch nicht so weit, die Pille zu nehmen, und der Einsatz einer Hormonspirale kommt nicht infrage. Sie dient der Langzeitverhütung. Also haben wir uns mit Kondomen beholfen. Dabei ist wohl etwas passiert.«

»Weiß Tom Bescheid?«

»Bevor ich mit ihm rede, kläre ich ab, ob ich wirklich schwanger bin. Dafür muss ich allerdings die Hürde nehmen, Doctor Wilson anzurufen. Seit Tagen schiebe ich dieses Telefonat hinaus. Dumm, nicht wahr?«

»Aber nein! Den inneren Schweinehund zu bezwingen, ist eine Herausforderung. Ich verstehe dich – meiner ist ein riesengroßes Vieh. Es gibt doch Tests für zu Hause. Mach den zuerst. Vielleicht ist dein Körper bloß gerade dabei, nach der Schwangerschaft zur Normalität zurückzukehren, und die Hormone wirbeln alles ein wenig durcheinander.« Molly lächelte aufmunternd. »Wenn du willst, setze ich mich ins Auto und hole einen.«

Laurie zeigte auf die breite Schublade unter der Herdplatte. »Der Test liegt da drinnen, gut verborgen unter den Geschirrtüchern. Vor ein paar Tagen habe ich ihn gekauft. Ich konnte mich nur nicht überwinden, ihn durchzuführen.«

»Ich bleibe hier und helfe dir.«

»Möchtest du den Teststab für mich halten?«, entgegnete Laurie mit einem schiefen Grinsen. Schnell fügte sie hinzu: »Du kennst meinen unangebrachten Galgenhumor, wenn ich aufgeregt bin. Entschuldige.«

Molly schmunzelte. »Das mit dem Teststreifen erledigst du selbst, aber während der Wartezeit halte ich deine Hand. Wäre das eine Alternative?«

»Das ist auch okay.« Laurie stand auf, ging zu der Schublade und zog eine längliche Verpackung heraus. »Na dann los. Ich bin gleich wieder da.«

Molly blickte Laurie nach, wie sie die Küche verließ und in Richtung der Toilette verschwand. Sie fühlte mit ihrer Freundin und konnte die Empfindungen bestens nachvollziehen. Benjamin war im Sommer zur Welt gekommen. Man musste kein Gynäkologe sein, um zu begreifen, dass der Zeitpunkt für eine neuerliche Schwangerschaft nicht optimal war. Bestimmt hatte Laurie zudem sofort an die Zuckerkrankheit im Zuge ihrer ersten Schwangerschaft gedacht.

Um die Zeit zu überbrücken, setzte sich Molly und nahm ein Kleidungsstück von dem Stapel. Ausgerechnet erwischte sie eines von Benjamins winzigen Jäckchen, und ihre Überlegungen glitten zur eigenen Familienplanung, die jedoch auf der Stelle von der Karriere verdrängt wurden. Sosehr sie sich andere Erwägungen wünschte, war im Augenblick die Arbeit ihr Thema. Gerade ging Molly zu der Frage über, wie sie die Situation am besten in den Griff bekam, als Laurie die Küche betrat.

Vorsichtig legte sie den Test auf dem Tisch ab. »Es dauert ein paar Minuten, bis das Ergebnis da ist. Lenk mich bitte ab, indem du mir irgendwas erzählst. Sonst flippe ich aus. Franklin! Was wirst du tun?«

Molly nickte. »Nichts leichter, als über ihn zu reden. Er und sein Benehmen beherrschen mich ohnehin. Jeder Tag ohne Ergebnis macht mich unruhiger. Mir wird nichts anderes übrig bleiben, als ihn auf seine Pläne anzusprechen. Aber wie? Und verfahre ich richtig?«

»Natürlich tust du das, allemal. Schließlich geht es nicht nur um seine Zukunft, sondern genauso um deine. Sollte Franklin tatsächlich seinen Abschied einleiten, hast du dich entsprechend vorzubereiten – die Tätigkeiten betreffend und allem voran mental. Handelt es sich wider Erwarten um blinden Alarm, ist es maximal ein bisschen peinlich für dich.«

Molly schob die Unterlippe vor. »Ich rätsle, warum er nichts sagt. Seine Arbeit hat er mir ebenfalls sang- und klanglos während meines Urlaubs rübergeschoben. Stell dir das vor! Steckt ein Kalkül dahinter, erkenne ich es nicht. Womöglich reime ich mir überhaupt etwas völlig Falsches zusammen.«

»Das glaube ich nicht. Klär den Sachverhalt. Es zermürbt dich, im Dunklen zu tappen. Du hast ein Recht darauf, die Fakten zu erfahren, und Franklin hat die Pflicht, sie dir zu geben. So einfach ist das.«

Molly warf einen verstohlenen Blick auf ihre Armbanduhr. »Wie gern würde ich den Kopf in den Sand stecken und das ganze Paket fortschieben – wie du das da.« Sie wies auf den Schwangerschaftstest. »Wie lange müssen wir noch warten?«

»Er ist … fertig. Kannst du bitte nachsehen? Ich trau mich nicht.«

»Ja, klar.« Molly beugte sich vor und betrachtete das Ergebnisfeld. »Was bedeuten zwei rote Querstriche?«

»Schwanger«, flüsterte Laurie.

Kapitel 9

Pamela und Samara betraten Doctor Scouts Besprechungsraum und setzten sich.

Während sich Pamela um ein fröhliches Lächeln bemühte, spürte sie, wie sich Samaras Finger in ihrer Hand verkrampften. Sie drückte ihrerseits wohldosiert zu, um dem Mädchen das Gefühl von Sicherheit zu vermitteln. Wenngleich Samara die Psychotherapeutin mochte, wusste Pamela, wie unangenehm diese Besuche für sie waren. Samara war alt genug, zu begreifen, dass sie nicht ohne Grund so oft hier saßen. Seit dem Vorfall mit Fred besuchten sie Doctor Scout zweimal pro Woche, und stets benötigten sie mindestens eine halbe Stunde Vorbereitungszeit.

»Wie geht es euch? Pam …«, fragte die Psychologin in lockerem Ton.

»Lilly und ich haben ziemlich viel um die Ohren, aber wir sind glücklich.« Pamela hatte gelernt, wie man ehrlich und zugleich positiv antwortete. Es war wichtig, Amira und

Samara nichts vorzuspielen, sondern die Realität in einem warmen Licht zu zeigen.

»Und dir, Samara?«

Das Mädchen senkte die Lider. »Ganz gut. Wir schlafen jetzt in einem anderen Raum. Das ist schön.«

Doctor Scout sah Pamela erwartungsvoll an, die sofort erklärte: »Einstweilen haben wir Amiras und Samaras Betten in unserem Schlafzimmer aufgestellt – eines links und eines rechts von unserem Doppelbett. Wachen wir in der Früh auf, liegen wir alle wie Heringe in der Dose eng aneinandergekuschelt im Doppelbett.« Sie zwinkerte Samara zu. »Offensichtlich findet jede Nacht eine geheime Wanderung statt.«

Die Kleine kicherte.

»Eine gute Idee, sofern alle damit zufrieden sind.«

»Das sind wir – klein und groß«, bekräftigte Pamela. Beim ersten Gespräch hatte die Psychotherapeutin ihren Standpunkt unumwunden dargebracht: Sie betreute nicht ausschließlich Amira und Samara, sondern achtete ebenso auf das Befinden der Erwachsenen. Zwei Flüchtlingskinder bei sich aufzunehmen, stellte für die Eltern eine enorme Herausforderung dar. Nur wenn sie genug Energie und Zuversicht mitbrachten, konnte ein inniger und zuverlässiger Rahmen für die Kinder geschaffen werden. Dazu war es notwendig, Lillys und Pamelas Bedürfnisse nicht komplett hintanzustellen.

Doctor Scout nickte. »Das freut mich sehr. Samara, bei unserem Treffen letzte Woche hatte ich vorgeschlagen, Fred einen Besuch abzustatten. Warst du bei ihm?«

»Ja. Ich habe ein Herz auf seinen Gips gemalt, und Fred hat mir erneut erklärt, dass er auf einer …« Samara sah Pamela Hilfe suchend an.

»Eisplatte? Oder du verwendest das Wort ›Glatteis‹«, half ihr Pamela weiter. Obwohl die Mädchen dank eines umfangreichen Integrationsprogramms bereits hervorragende Sprachkenntnisse besaßen, war ihnen das eine oder andere Wort noch nicht geläufig. Pamela und Lilly bemühten sich, die kleinen Lücken schnellstmöglich zu füllen. Mit ihren acht Jahren lernten Amira und Samara aber ohnehin wie der Blitz.

»Eisplatte meine ich. Er ist auf einer Eisplatte ausgerutscht. Geschrien hat er, weil er sich erschreckt hat. Der Arm hat ihm nicht wehgetan. Kann ich auch einen Gips haben?«

»Das ist weniger lustig, als es aussieht«, entgegnete die Psychologin. »Unter dem Gips beginnt nämlich die Haut zu jucken, und das ist ziemlich lästig.«

»Viele Dinge sind nicht lustig. Sie ändern sich trotzdem nicht. Sich etwas zu wünschen, hilft gar nicht«, antwortete Samara.

»Was wünschst du dir denn?«

Abermals glitt Samaras Blick zu Pamela. »Darf ich es sagen?«

»Alles, was dir auf dem Herzen liegt, mein Liebling«, erwiderte Pamela sanft und streichelte über Samaras Haar.

»Dorothy hat versprochen, uns zu besuchen. Ich habe aufgepasst: Sie kommt, wenn Molly vom Urlaub zurück ist. Molly ist da, warum sie nicht?«

»Wer ist Dorothy?«, erkundigte sich Doctor Scout.

»Die beste Freundin meiner Schwägerin Molly. Sie lebt in New York. Ursprünglich wollte Dorothy zwei Wochen in Maple Creek verbringen, doch sie hat berufliche Verpflichtungen«, erläuterte Pamela und drehte sich Samara zu. »Wir haben darüber geredet. Dorothy muss viele Städte in den USA bereisen und dort aus ihren Büchern vorlesen. Das nennt man Lesereise. Diese Aufgabe macht ihr Spaß, lieber wäre sie jedoch bei uns in Maple Creek.«

»Und wenn ich sie nie wiedersehe? Ich habe Dorothy gern. Sie ist so lieb und immer fröhlich. Es ist schrecklich, jemanden zu vermissen.« Samara sprach so leise, dass man sie kaum verstehen konnte.

»Ich nehme an, der Urlaub ist verschoben und nicht gestrichen, oder? Gibt es schon einen neuen Termin?«, fragte die Psychologin.

»Den 24. Dezember! Aber bis dahin dauert es noch so lange.«

»Die Zeit vergeht schneller, als du denkst, Samara. Wichtig ist, dass du dich auf einen Tag freuen kannst.« Doctor Scout öffnete eine Schublade ihres Schreibtischs und zog zwei unterschiedlich große Kalender hervor. »Jedes Jahr schenken mir einige Firmen Kalender. Ich brauche einen, die anderen hebe ich auf – für genau so einen Fall. Was meinst du? Möchtest du dir einen Kalender aussuchen? Dann kannst du beim 24. Dezember ein dickes Kreuz malen. Am meisten Spaß macht es, wenn du jeden Tag bis zu Dorothys Ankunft kennzeichnest.«

»Toll, danke. Darf ich den größeren haben?«

Die Ärztin überreichte Samara den Kalender. »Hast du Lust, trage auch andere Dinge ein. Zum Beispiel besonders schöne, die du erfahren hast, oder etwas, das dir weniger gefällt.« Wieder kramte sie in der Schublade. »Hier habe ich goldene Stern-Aufkleber. Vielleicht willst du auf jeden außergewöhnlich fantastischen Tag ein Sternchen heften.«

Allein Samaras vor Glück strahlender Ausdruck ließ Pamelas Herz höherschlagen. Dass Samara sich zu Dorothy hingezogen fühlte, war kein Geheimnis. Allerdings hatte Pamela nicht geahnt, wie intensiv Dorothys Abwesenheit Samara beschäftigte und sie traurig machte. Lagen ihre Panikattacken nicht nur in Freds Unfall begründet? Kam zu diesem schlimmen Ereignis die Furcht hinzu, einem geliebten Menschen nie mehr zu begegnen? Wie viele hatte der Krieg aus Samaras Leben gerissen?

Sosehr Samaras Freude Pamela einnahm, verkrampfte sich ihr Inneres gleichzeitig vor Mitgefühl und Rührung. Im Verborgenen ballte sie die Hände zu Fäusten. Gemeinsam mit Lilly würde sie alles in ihrer Macht Stehende tun, um Samara und Amira ein beständiges Zuhause, Liebe und Glück zu schenken. Jedes Lächeln der Mädchen gab so manche schwere Stunde tausendfach zurück.

Kapitel 10

Molly betrat die Tavern und steuerte zielstrebig auf das rechte Ende der Bar zu. Zwar gehörte der Hype um Miles dank seiner Beziehung mit Monique weitgehend der Vergangenheit an, doch die Zufluchtsecke hatte sich längst bei ihnen eingebürgert.

Sie erklomm den letzten Barhocker und bestellte bei Miles einen Tom's Maple. Nat hatte noch eine Stunde im Büro zu tun. Wenn er kam, war der zweite Drink fest einkalkuliert – heute wollte Molly unbedingt abschalten. Im Augenblick schien es, als käme jeden Tag ein Ereignis hinzu, das sie emotional aufwühlte: Lauries Schwangerschaft, Samaras Sehnsucht nach Dorothy, Noras und Jims anschwellende Beziehungsprobleme und ihre eigene, an Höhe gewinnende Hürde namens Franklin Bauers.

Lauries Schwangerschaft beschäftigte Molly vor allem dahingehend am meisten, weil sie mit niemandem darüber sprechen durfte. Laurie hatte sie zu absolutem Stillschweigen verpflichtet. Nicht einmal Nat sollte davon erfahren. Am Sonntag – Ruhetag in der Tavern – würde Laurie Tom davon erzählen. Einen Termin bei ihrer Gynäkologin hatte sie ebenfalls bereits vereinbart. Dann war es endlich vorbei mit der belastenden Heimlichtuerei. Laurie selbst bewahrte seit der Gewissheit, schwanger zu sein, eine bewundernswerte Ruhe. Sie hatte nicht vor, sich von unbegründeten Ängsten lenken zu lassen, sondern die Untersuchung und Doctor Wilsons Empfehlung abzuwarten.

Gegenteilig verhielt sich Dorothy. Dass Samara sie vermisste und befürchtete, sie nie mehr wiederzusehen, brachte Dorothy komplett aus dem Gleichgewicht. Aber sie hatte eine Zwischenlösung gefunden, die Samara und auch sie beruhigte. Jeden Abend schrieb Dorothy eine E-Mail an Samara und Amira. Sie berichtete von ihren Erlebnissen auf der Lesereise, beschrieb die Gegend, in der sie sich aufhielt, und schickte Fotos. Pamela und Lilly halfen den Mädchen, den Computer zu bedienen und Dorothy zu antworten. Molly fand die Idee großartig. Auf diese Weise erhielt Samara das Gefühl vermittelt, dass Dorothy zwar nicht anwesend sein konnte, ihr dennoch nahe und keineswegs verschollen war. Als positiven Nebeneffekt machten sich Amira und Samara mit einem Computer vertraut und übten Schreiben. In Absprache mit Lilly und Pam baute Dorothy kleine Denkspiele und Buchstabenrätsel ein, die die Mädchen mit großer Begeisterung lösten.

Mollys eigenes Problem wäre ähnlich rasch in den Griff zu bekommen, hätte sie nicht nach wie vor Hemmungen, Franklin offen nach seinen Plänen zu fragen. Jedes Mal, wenn sie ansetzte, schoss ihr Lauries Bemerkung durch den Kopf, und sie zögerte das Vorhaben hinaus. Irrte sie sich, würde es tatsächlich ein *bisschen peinlich* werden. Nichts lag Molly ferner, als Franklin zu vermitteln, dass sie seine Position übernehmen wollte.

Von welcher Seite sie es betrachtete und trotz aller Zwiespalte, musste sie sich jedoch Klarheit verschaffen. Gleich Montag würde sie über ihren Schatten springen und die Sache klären – es war wichtig, sich eine Deadline zu setzen.

Bevor Molly den vierten Punkt – Jim und Nora – in Angriff nahm, klopfte ihr jemand auf die Schulter. Sie fuhr herum. »Oh, hi Nora.« *Was einem das Schicksal manchmal in die Hand spielt,* dachte Molly und beschloss, die Gelegenheit beim Schopf zu packen, sofern es möglich war, allein mit Nora zu reden. »Wo ist Jim?«

»Der trifft sich heute Abend mit einem Kollegen. Alle paar Monate gehen die beiden essen und plaudern über juristisches Zeug – alte Fälle, neue Gesetze, Gerichtsangelegenheiten. Ich will bloß schnell auch etwas essen und dann nach Hause. Aus dem Büro habe ich mir einige Unterlagen mitgenommen, die ich noch durcharbeiten möchte.«

»Ist es nicht besser geworden seit der Einführung von Nats Plan?«, lenkte Molly ein.

»Doch, viel besser sogar. Nat hat das brillant gemeistert. Es wundert mich nicht, dass er es so weit gebracht hat.« Nora beugte sich vor. »Am besten neben dem Organisationstalent hat mir sein Durchsetzungsvermögen gefallen. Er hat nicht lange gefackelt: eine zielgerichtete Definition, was er von uns braucht, dazu den Abgabetermin, keine ausufernden Erklärungen. Zwei Tage später war der gesamte Plan fertig – einfach top.«

Molly nickte. »Nachdem ich bei der *Maple Creek News Time* begonnen hatte, war Nat anfangs mein wertvollster Ratgeber. Als ich etwa diese Redakteurin feuern musste, hat er nicht meine Hand gestreichelt und mich bedauert, sondern mir genau erläutert, warum es unerlässlich ist, manchmal hart durchzugreifen. Ein schwerer Lernprozess für mich, aber letztlich habe ich verstanden. Man trägt für alle die Verantwortung, nicht nur für einen Einzelnen.«

»Hast du das begriffen, bist du bereits sehr weit gekommen. Ich bin stolz auf dich, Molly. Wenn du je meiner Hilfe bedarfst, bin auch ich mit großer Freude zur Stelle. Besonders bei den Feinheiten, die in einer Redaktion geschehen, kann ich dich unterstützen. Wie ich hörte, zählt Franklin die Tage bis zu seinem Abgang.«

Wenngleich Molly gern mit Nora über Franklin geredet hätte, beherrschte sie sich. Ein falsches Wort, und ihr eigentliches Ansinnen würde in der Unterhaltung davonschwimmen. Der momentane Gesprächsverlauf war das beste Beispiel: Sie warf Nats Plan ein, um auf Noras Engagement überzuleiten, und schon befanden sie sich mitten in Nats Führungsqualitäten und steuerten zielgerichtet auf Franklin und ihre Zukunft bei der *Maple Creek News Time* zu.

»Wenn die neue Organisation gut funktioniert, wäre es doch nicht mehr notwendig, dir so viel Arbeit aufzulasten«, ruderte Molly deshalb ihrem Vorhaben folgend zurück.

Seelenruhig nippte Nora an dem Mineralwasser, das Tom ihr gebracht hatte. »Hat Jim dich angestiftet, mich wieder auf den rechten Weg zu führen?«

Unwillkürlich musste Molly schmunzeln. Hatte sie nur eine Sekunde geglaubt, Nora hinters Licht führen zu können? Einer Frau wie ihr begegnete man direkt und ehrlich. »Nein. Ich habe einiges aufgeschnappt und mache mir Sorgen. Irgendwie fühle ich mich euch verpflichtet und finde es schrecklich, wenn ihr in einer Krise steckt. Und um das sofort klarzustellen: Ich verstehe Jims Ärger.« So, es war heraus.

»Puh, du hast wahrlich Etliches dazugelernt. Wo fange ich an, um dir meinen Standpunkt darzulegen?« Nora tippte mit dem Zeigefinger an ihr Kinn. »Ich weiß selbst, dass Jim in manchen Punkten richtigliegt. Es ist … Herrgott! Die Arbeit in der Agentur bereitet mir Freude. Womöglich übertreibe ich und gehe einen Schritt zu weit, dennoch bestimme letztlich ich darüber. Nicht Jim, nicht Levi, nicht du oder sonst jemand. Ich werde beizeiten zurückschrauben. Schließlich habe ich es versprochen.«

Molly hatte großen Respekt vor Nora, jetzt verhielt die sich allerdings wie ein störrisches Kind. Da steckte mehr dahinter, aber erst musste sie diesen Teil hinter sich bringen. »Jim und Levi weisen dich darauf hin, was gut und was schlecht für dich ist. Es ist dein Körper, der dir am Ende aufzeigen wird, wo deine Grenzen liegen. Warum findest du keinen Mittelweg? Die Menschen in deinem Umfeld lieben dich und wollen nur dein Bestes. Du denkst jedoch ausschließlich an dich.«

»Möchtest du damit ausdrücken, ich sei egoistisch?«

Molly atmete tief durch. Gerade hatte sie der so berühmten wie gefürchteten ehemaligen Chefredakteurin des trendigsten Frauenmagazins ganz New Yorks unverblümt ihre Meinung gesagt. Und Nora schien nicht einmal erbost zu sein – sie war verblüfft, doch mindestens genauso amüsiert und neugierig.

»Tja. Dein Verhalten bezeichnet man so. ›Über Gebühr begeisterungsfähig‹ wäre meine Umschreibung«, entgegnete Molly. Mit dem kleinen Rückzug fühlte sie sich deutlich wohler.

Nora reagierte mit einem Lächeln. »Auf der Wohnzimmercouch zu liegen und mit Jim spazieren zu gehen, erfüllt mich nicht. In New York war es im Grunde identisch, bloß umgekehrt. Innerhalb dieser Extreme findest du tatsächlich wunderbare Schlagwörter wie ›Kompromiss‹, ›Übereinkunft‹, ›Konzession‹. In ihnen sehe ich leider nichts anderes als eine Beugung der Persönlichkeit und der eigenen Wünsche. Dein ›Mittelweg‹ hingegen gefällt mir – aus jeder Perspektive betrachtet, ein gutes, positives Wort. Ich brauche ein Betätigungsfeld, und ich brauche Jim. Ich brauche Ruhephasen für meine Gesundheit sowie ein bisschen Aufregung und Nervenkitzel. Ich brauche frische Luft und staubigen Bürogeruch – so bin ich nun einmal.«

»Dein Handeln widerspricht aber deinen Äußerungen. Du nimmst Arbeit mit nach Hause, Nora.« Wieder flammte in Molly die Empfindung auf, dass sie noch nicht am Ziel angelangt war.

Nora musterte Molly aufmerksam. »Du tust dasselbe wie Jim. Ist dir das bewusst?«

»Was meinst du? Ich versuche dich doch … Oh! Das ist es also.«

Nora nickte. »Ganz genau. Wie ich bereits sagte, macht mir die Arbeit bei Lilly – und mit ihr – Riesenspaß. Für mich war es selbstverständlich, dass ich einspringe, als bei Samara diese Panikattacken begonnen haben. Lilly benötigt nicht nur jemanden, der sie entlastet, sondern auch einen starken Halt an ihrer Seite.«

»Du meinst eine ebenbürtige Person, auf die sie sich verlassen kann und der sie vertraut?«

»Richtig. Timothy liefert hervorragende Arbeit, trotzdem ist er Lillys Angestellter, sozusagen ihr Lehrling, und damit in der falschen Position für diese Art von Unterstützung. Lilly ist grundsätzlich eine fantastische Alleinkämpferin, dennoch ist sie ein Mensch und kein stets funktionierender Roboter.« Nora hob die Schultern. »Gerade bin ich dabei, die Aufgaben wieder auf ein normales Maß zu reduzieren. Meine Heimarbeit hat nichts weiter zu bedeuten, als dass ich einige Projekte effizient und flott zum Abschluss bringe.«

Versonnen schüttelte Molly den Kopf. »Ehrlich? Am Anfang unseres Gesprächs dachte ich kurz, du würdest dich wie ein störrisches Kind verhalten. Es tut mir leid. Ich habe vieles fehlgedeutet und beinahe versucht, dich zu bevormunden.«

»Nicht nur beinahe, meine Liebe. Der große Unterschied zwischen dir und Jim liegt darin begründet, dass du rasch dahintergekommen bist. Er hingegen hat den Rollladen heruntergefahren und zusätzlich Scheuklappen aufgesetzt. Seine Fürsorge nach meinem Herzinfarkt war beispielhaft, und über so manches habe ich gerne hinweggesehen. Mittlerweile agiert er verbissen und beharrt darauf, uneingeschränkt richtigzuliegen.«

»Hast du ihm all das auch gesagt, was ich soeben von dir gehört habe?«, fragte Molly.

»Anders, aber ja. Jim ist mein Partner, du bist meine Freundin und ehemalige Mitarbeiterin. Die Unterhaltungen finden auf unterschiedlichen Ebenen statt.« Nora tätschelte Mollys Unterarm. »Nun schau nicht so betroffen drein. Unabhängig vom Thema hat mir dein Auftreten gut gefallen. Behalte diese Festigkeit. Mit ihr wirst du als Chefredakteurin der *Maple Creek News Time* ohne Zweifel bestehen. Merke dir eines: Es ist nicht immer von Vorteil, Empathie zu zeigen. Leider wird sie oft als Schwäche interpretiert.«

»Danke, Nora. Du weißt, wie viel mir deine Meinung bedeutet, und ich werde deinen Rat befolgen.« Abermals widerstand Molly dem Bedürfnis, über Franklin zu reden. Den Kern der Schwierigkeiten zwischen Nora und Jim hatte sie gefunden. Jetzt gab es allerdings einen anderen Grund, nicht darauf einzugehen. Nora hatte recht. Ihre Zeit als junge, unsichere Redakteurin war endgültig vorbei. Sie musste sich den beruflichen Herausforderungen stellen, ohne ständig Rat und Ermunterung von anderen einzuholen. Außerdem war eine Frage – die wichtigste von allen – offengeblieben. »Wie willst du den Zwist mit Jim lösen?« Als sie Noras harte Gesichtszüge bemerkte, fügte sie schnell hinzu: »Entschuldige, das ist zu persönlich. Vergiss bitte –«

»Aber nein! Es lässt sich nur nicht so einfach erklären. Auf jeden Fall werde ich unter keinen Umständen nachgeben und seinen Wünschen entsprechen. Es wäre ein verheerender Schritt für unsere Partnerschaft, weil damit die Balance zerstört werden würde. Jedoch ist es sehr wohl dringend notwendig, etwas zu unternehmen.« Nora hob die Hände. »Zuallererst bringe ich – wie gesagt – die offenen Projekte der Reihe nach zum Abschluss, wodurch der Arbeitsaufwand allmählich automatisch sinkt. Dann lenke ich die Aufmerksamkeit langsam zurück auf den dritten Hund. Dieses Vorhaben ist durch die Situation völlig ins Hintertreffen geraten. Der Rest pendelt sich hoffentlich von selbst wieder ein.«

»Du versuchst nicht, Jim zur Einkehr zu bewegen?«

»Was brächte das? Aktuell würde ich auf taube Ohren stoßen und bloß weitere endlose Diskussionen heraufbeschwören. Legt sich sein Zorn, wird Jim die Hintergründe nach und nach kapieren.« Nora schmunzelte. »Den Spruch ›die Waffen der Frauen‹ gibt es nicht ohne Grund, liebe Molly. Sieh es als zusätzlichen Rat von mir, der sich in dein Gedächtnis einprägen sollte.«

Kapitel 11

Laurie betrat den Untersuchungsraum und sah sich um. »Oh, Sie haben umgebaut. Der Paravent ist weg. Entschuldigen Sie mein Staunen. Die neue Raumaufteilung ist mir fremd. Hallo, Doctor Wilson.« Sie reichte der Ärztin über den Schreibtisch hinweg die Hand und setzte sich.

»Die Renovierung war dringend erforderlich, und der Architekt hat mir diese Trennmauer angeraten. Eigentlich hat es mir vorher besser gefallen, doch ich werde mich daran gewöhnen.« Doctor Wilson lächelte. »Schön, Sie zu sehen, Laurie. Ich hoffe, alles ist in Ordnung. Unser nächster festgesetzter Kontrolltermin ist nämlich erst in drei Monaten.«

»Nein, leider ist nicht alles in Ordnung«, entgegnete Laurie. »Etwas Unerwartetes ist passiert.«

Die Ärztin beugte sich vor. »Dann erzählen Sie mal. Welche Beschwerden haben Sie?«

»Beschwerden habe ich keine, ich bin nur schon wieder schwanger. Es war nicht geplant.«

Doctor Wilson warf einen Blick auf ihren Bildschirm. »Das denke ich mir. Ihre Geburt liegt nicht weit zurück, das birgt gewisse Risiken. Aber lassen Sie uns später rechnen, wenn ich die Größe des Embryos gemessen habe. Ist Ihr Mann informiert?«

»Ja. Tom ist nicht mitgekommen, weil er auf Benji aufpasst.« Laurie stieß einen leisen Seufzer aus. »Offen gestanden ist mir das ganz recht. Ich wollte ohnehin lieber allein mit Ihnen sprechen und Ihre Empfehlung abwarten, bevor ich mich auf eine neuerliche Schwangerschaft einstelle. Sie wissen, was ich meine?«

Doctor Wilson nickte. »Genauso wie ich weiß, dass ich offen und sachlich mit Ihnen reden kann. Das ist in solch einem Fall wichtig. Nun, offiziell liegt der geeignete Mindestabstand zwischen zwei Graviditäten bei zwölf bis achtzehn Monaten. Ich sage *offiziell*, da jeder Körper anders auf bestimmte Umstände reagiert – Sie kennen meine grundlegende Meinung dazu. Sowohl die Schwangerschaft als auch die Geburt stellen eine große Herausforderung für den Organismus dar, deshalb sollte man ihm die nötige Erholungsphase gönnen. Nicht zu unterschätzen ist die psychische Belastung. Verzweiflung, Ablehnung und Furcht sind heimtückische Begleiter.«

»Sie raten mir also zu einem …?« Laurie schaffte es nicht, das Wort auszusprechen.

Das übernahm Doctor Wilson. »Schwangerschaftsabbruch? Nein, dazu rate ich Ihnen keineswegs, ebenso wenig zum Austragen des Kindes.« Sie öffnete die Arme. »Fakt ist, dass sich mit größer werdendem Abstand zwischen zwei Schwangerschaften die Wahrscheinlichkeit schwerwiegender Probleme verringert – das betrifft Ihren Körper. Sofern Sie gesund sind, gibt die seelische Verfassung den Ausschlag. Eine Abtreibung kann ähnlich belastend sein wie eine frühzeitige Schwangerschaft.«

»Sie sagen also nicht ›Ja‹ oder ›Nein‹?«

»So ist es. Die Entscheidung liegt bei Ihnen. Laurie …« Kurz hielt die Ärztin inne. »Horchen Sie in sich hinein. Wie fühlen Sie sich? Welche Gedanken bewegen Sie? Visualisieren Sie die beiden Möglichkeiten, und versuchen Sie zu entschlüsseln, was sie bei Ihnen bewirken. Sie wünschen sich ein zweites Kind. Ist es jetzt so weit oder erst in ein oder zwei Jahren? Das zu ergründen ist nicht einfach, aber meine ehrliche und nicht unbedingt rein medizinische Empfehlung. Stehen Geist und Körper im Einklang, lässt sich vieles bewältigen. Zweifeln Sie, wird auch Ihr Organismus zweifeln und entsprechend negativ reagieren.«

»Es ist mir bewusst, worauf Sie hinauswollen«, erwiderte Laurie. »Ich brauche mir diese Fragen nicht zu stellen. Ein Abbruch käme nur infrage zum Tragen, wenn Sie ihn als notwendig erachten. Mein Leben würde ich nämlich nicht für eine Schwangerschaft einsetzen. Ich habe eine Familie, für deren Glück ich mitverantwortlich bin. Tot kann ich mich nicht um sie kümmern.«

»Wow. So etwas höre ich selten. Sie bringen die Dinge tatsächlich auf den Punkt.« Geräuschvoll sog Doctor Wilson die Luft ein. »Ihre strikte Einstellung ist bewundernswert und aus meiner Sicht die einzig richtige Vorgehensweise.« Sie zeigte auf die Tür in der frisch aufgezogenen Wand. »Demzufolge werfen wir zuallererst einen Blick auf das Pünktchen in ihrem Uterus. Danach reden wir in Ruhe über die erhöhten Risiken und wie Sie sich am besten davor schützen. Das Thema Schwangerschaftsdiabetes nehmen wir in diesem Zuge gleich mit.« Plötzlich schien sie noch etwas loswerden zu wollen. »Haben Sie eine Einschätzung, wie Tom zu Ihrer jeweiligen Entscheidung stehen wird?«

Laurie lächelte. »Keine Sorge, wir denken zu hundert Prozent konform. Bloß im Geheimen bangt er, dass Sie einen Abbruch befürworten. Ich kenne ihn, manchmal besser als mich selbst.«

Doctor Wilson stand auf. »Alles klar, Laurie. Gehen wir in den Untersuchungsbereich. Er wird Ihnen gefallen. Ich habe einen größeren Bildschirm angeschafft.«

Kapitel 12

Molly hielt die Ohren gespitzt und wartete darauf, dass Franklin zu telefonieren aufhörte. Das Gespräch dauerte mittlerweile über eine halbe Stunde, und es drehte sich – wie sollte es anders sein – um den Reverend. Durch die angelehnte Tür verstand sie zwar nur wenige Worte, doch sein Name, Gabriel Bouchard, war bereits mehrfach gefallen. Endlich verabschiedete sich Franklin.

Langsam zählte Molly von zehn bis null, dann stand sie auf, klopfte an die Tür und trat nach Franklins »Ja!« ein.

»Ach, du bist es, Molly. Warum klopfst du an? Setz dich. Ich habe dir etwas Spannendes zu erzählen. Schritt für Schritt komme ich im Fall des Reverends weiter.« Er blies die Backen auf. »Früher hätte ich die Infos innerhalb eines Monats zusammengetragen. Heute ist es schwieriger, weil die meisten meiner Quellen versiegt sind – in Ruhestand, tot, senil, weggezogen. Neben meinen heranwachsenden Enkelkindern ein deutlicher Hinweis auf mein Alter.«

»Ja, eine ganze Weile war es still geworden um den Reverend. Jetzt bist du wieder voll dabei«, bemerkte Molly.

»Ich befürchtete schon, dass ich aufgeben muss, aber das Blatt hat sich gewendet. Als du vom Urlaub zurück warst, habe ich dir von der Einwanderungsbehörde und den fehlenden Eintragungen berichtet. Der Kontakt meines Kontaktmanns – zugegeben, es lief über einige Ecken – ist in die Tiefe abgetaucht und hat dort gegraben. Voilà!« Franklin lehnte sich zurück und verschränkte die Arme hinter dem Kopf. »Ich bin sicher, dass unser guter Reverend nicht aus Frankreich stammt, obwohl er Franzose ist. Und erst nach seiner Ankunft in Kanada hat sich Bouchard der Kirche zugewandt. Das weiß ich aus einer anderen Quelle. Was hat er vorher getan? Woher stammt er?«

Der Kontakt seines Kontaktmannes? Ein Franzose, der kein Franzose ist? Franklin tut, als wäre er der Detektiv in einem zweitklassigen Krimi, dachte Molly. Wie konnte sie es schaffen, vom Reverend auf ihr Anliegen überzuleiten? *Laufen lassen und im richtigen Moment einhaken* – etwas anderes blieb ihr nicht übrig. »Wie lange liegt sein Fall eigentlich zurück?«, erkundigte sich Molly.

»Bouchards Einwanderung? Fast dreißig Jahre.«

Molly zuckte mit den Schultern. »Das ist ewig her. Es gibt unzählige mögliche Fehlerquellen. Allein die Computertechnik hat in der Zeitspanne einen Quantensprung gemacht. Vermutete man zum Jahreswechsel von 1999 auf

2000 nicht, sämtliche digitalen Systeme würden einstürzen? Darüber hinaus darfst du nicht vergessen, dass früher wie heute Menschen Daten in Computer eingeben, Unterlagen in Ordner packen und Akten in dunklen Kellerarchiven ablegen.«

»Nein, nein, mit dem Reverend stimmt etwas nicht. Ich spüre es, und langsam klart die Situation auf«, entgegnete Franklin bestimmt. »Du redest wie meine Frau. Zuerst war Valerie noch interessiert, inzwischen ist sie genervt und meint, ich hetzte einem Phantom hinterher. Und sollte ich es wider Erwarten festsetzen, könnte ich nichts Sinnvolles mit dem Resultat anfangen.«

Molly räusperte sich. »Valerie hat nicht unrecht. Vor Längerem haben sogar wir darüber gesprochen. Würdest du einen Enthüllungsartikel dieses Inhalts in der *Maple Creek News Time* drucken? Nein. Der Reverend ist beliebt und wird allseits geachtet. In Verbindung mit ihm muss ich immer an Elisabeth denken. Wäre er nicht umsichtig und offenherzig mit ihrem Problem umgegangen, hätte man ihre Krankheit vielleicht nie diagnostiziert. Ein anderer Priester wäre zu einem Exorzisten gelaufen – ironisch gemeint, natürlich.«

»Oh, das ist nicht so weit hergeholt, keine Ironie und kein Scherz. Als junger Journalist waren Kollegen und ich an einer Sache dran, die punktgenau in diese Richtung verlief. Unvorstellbar, was wir ans Tageslicht befördert haben.

Es gab sogar Drohungen gegen uns, und letztlich wurden wir mundtot gemacht – egal, das gehört der Vergangenheit an.«

Franklin hatte diesen Fall in Mollys Gegenwart schon einmal oberflächlich erwähnt. Dass es Drohungen gegeben hatte, war ihr allerdings neu. Ohne Zweifel rührte seine massive Kirchen-Aversion daher. »Der Reverend hat nichts am Hut mit dieser uralten Recherche. Er ist bloß ein Priester, der seine Arbeit ordentlich erledigt.«

»Das stimmt selbstverständlich. Doch was sollte ich sonst tun?«

»Wie meinst du das?«

»Nun gut. Eigentlich wollte ich noch einiges klären, bevor ich dieses Gespräch mit dir führe. Jetzt ergibt es sich zwangsläufig.« Franklin richtete sich auf. »Du bist so weit – und ich ebenfalls. Ende des Jahres werde ich meinen Rücktritt bekanntgeben und dich als Chefredakteurin der *Maple Creek News Time* einsetzen. Hast du geglaubt, ich schiebe dir blindlings seit einiger Zeit meine gesamte Arbeit zu?«

Die blitzartige Wende in der Unterhaltung hatte Molly nicht vorausgesehen, aber sie war vorbereitet. Lange genug hatte sie an dem Gespräch getüftelt, und einzig ersparte sie sich die große Frage. Dafür konnte sie sogleich auf ihr nächstes Anliegen eingehen. »Ich würde den Wechsel hinauszögern, sofern du –«

»Vergiss es. Mein Entschluss steht fest. Du hast alles gelernt und die erforderliche Stärke erlangt, Molly. Außerdem bin ich nicht aus der Welt. Ich werde viel öfter durch die Redaktion laufen, als dir lieb ist. Als freier Mitarbeiter würde ich nämlich weiterhin gern ein bisschen mitmischen. Du musst deinen Stellvertreter suchen und einen neuen Redakteur anstellen. Sonst hast du nicht ausreichend Personal. Dabei helfe ich dir.« Franklin schmunzelte. »Und die übrige Zeit verbringe ich mit dem Reverend.«

»Warum nimmst du das nicht wörtlich?«, platzte Molly heraus. »Ja! Verbringe Zeit mit ihm. Ich meine: Sprich ihn direkt darauf an.«

»Ich soll … was?«

»Früher hast du bestimmt auch nicht nur im Verborgenen recherchiert, sondern bist auf die Personen zugegangen und hast sie interviewt. Weshalb ist das jetzt nicht möglich? Es ist ein normaler und notwendiger Bestandteil des Journalismus.«

»Ich habe zu wenig Greifbares, um ihn unter Druck zu setzen. Wobei … schaden kann es nicht, ihm auf den Zahn zu fühlen.« Franklin winkte ab. »So bereitwillig und mit Vergnügen ich über den Reverend rede, lassen wir ihn nun beiseite. Du hast gerade eine gewaltige Neuigkeit erfahren. Meine Weisung als gegenwärtiger Chefredakteur an dich: Raus aus meinem Büro, und mach den Rest des Tages blau. Unterhalte dich mit jemandem deines Vertrauens über die bevorstehende Veränderung, damit sie in dein Bewusstsein vordringt. Morgen beginnen wir mit den Vorbereitungen. Hopp!«

Molly stand auf. »Ein weiser Rat, den ich gern befolge.«

Kapitel 13

Nachdem Molly die Redaktion der *Maple Creek News Time* verlassen hatte und ins Auto gestiegen war, schloss sie erst einmal die Augen und lehnte sich gegen die Rückenlehne. Deutlich spürte sie ihren schnellen Herzschlag und das Vibrieren der Nerven. Ihr ganzer Körper stand unter Hochspannung. Wenngleich sie auf den Moment eingestellt gewesen war und auch mit Franklins Beschluss gerechnet hatte, drehte sich alles in ihrem Kopf. Tatsächlich würde sie am ersten Januar den Chefredakteursposten bei der *Maple Creek News Time* übernehmen. Weihnachten nahte mit riesigen Schritten, dann folgten die Feiertage und Silvester – und schon war es so weit. Das alles ging viel zu rasch.

Franklin hatte recht, sie musste unbedingt mit jemandem darüber reden. Nat war den ganzen Tag in Besprechungen und auf Baustellen unterwegs. Mehr als ein Telefonat war vor dem Abend nicht möglich. Sie brauchte jedoch jetzt einen

Menschen, der sich für sie Zeit nahm. Mit zittrigen Fingern zog sie das Handy aus der Handtasche und wählte Jims Nummer. Als er sich meldete, fragte sie sofort: »Ich weiß, es ist noch zu früh für deinen Spaziergang, aber könntest du ihn vielleicht vorziehen und mich mitnehmen? Ich benötige dringend frische Luft und ein offenes Ohr.«

»Natürlich. Ich habe meine Termine für heute erledigt, und Nora arbeitet. Sie macht allerdings früher Schluss und wird in etwa einer Stunde zu Hause sein. Betrifft es sie?«, erkundigte er sich.

»Nein, ausschließlich mich. Ich sitze im Auto vor der Redaktion und würde auf der Stelle losfahren. In fünfzehn Minuten wäre ich bei dir. Passt das?«

»Jaja, perfekt. Ich wecke inzwischen die Hunde. Bei diesem Wetter bringe ich sie nur mit Mühe von der Couch runter.« Kurz pausierte Jim. »Sag mir, was los ist, Molly. Ich möchte nicht grübeln und mich sorgen müssen, bis du da bist. Fünfzehn Minuten können verdammt lange erscheinen.«

Sie stieß einen Seufzer aus. »Franklin hat mir gerade eröffnet, dass ich ab ersten Januar Chefredakteurin der *Maple Creek News Time* sein werde.«

»Macht er also in der Tat Nägel mit Köpfen? Ich kenne Franklins Vorhaben, hatte jedoch mit einem Abgang frühestens im kommenden Sommer gerechnet. Es entspricht aber dem Verhalten, das er aktuell an den Tag legt. Unlängst haben wir wegen einiger juristischer Fragen lange in meinem

Büro zusammengesessen. Er wirkte unruhig und angespannt auf mich, obwohl er das Gegenteil behauptet hat.«

»Ich glaube, diese Rastlosigkeit rührt weniger vom Verlassen der Zeitung als von der Überlegung, wie er die Zeit danach sinnvoll ausfüllen soll. Franklin ist kein Mensch, der in Rente geht, um sich endlich zurückzulehnen. Ihn zur Trägheit zu verdammen, würde ihn wahrscheinlich um den Verstand bringen«, erwiderte Molly. »Die Arbeit bei der *Maple Creek News Time* ist er zweifellos leid, allerdings braucht er auf jeden Fall ein Betätigungsfeld. Ich würde gern etwas für ihn finden, das ihn ablenkt.« Wovon genau sie Franklin ablenken wollte, durfte sie nicht preisgeben. Sie wusste nicht, ob Jim über die Reverend-Recherche informiert war. Es gab Themen, die man nicht frei herausplauderte.

»Nun, eventuell lässt sich für Franklin etwas Interessantes finden. Kürzlich hatte ich eine Unterhaltung mit Levi. Franklin ist nicht der Einzige, der sich mit der Zukunftsplanung schwertut. Es wäre nicht das Schlechteste, die beiden zusammenzubringen. Es gibt da so eine Idee in meinem Hinterkopf, bei der ich ebenfalls mitmischen würde. Details erzähle ich dir beim Spaziergang.« Jim lachte. »Ein bisschen was sollten wir uns nämlich aufheben, sonst haben wir am Telefon alles durch. Bist du eigentlich schon losgefahren?«

»Offen gestanden biege ich gerade in deine Straße ein. Ein paar Meter, und ich bin da.«

»Du liebe Güte! Verschluckt deine Freisprecheinrichtung

sämtliche Nebengeräusche? Ein Wunderwerk der Technik! Ich habe noch nicht einmal die Hunde aufgescheucht. Eine Nachricht an Nora schreibe ich von unterwegs. Wenn es dir recht ist, nehmen wir die große Runde. Dann kann Nora von der anderen Seite zu uns stoßen. Apropos Nora. In Bezug auf sie will ich die Gelegenheit nutzen und ein paar Takte mit dir reden – unter vier Augen, also am Anfang des Ausflugs. Ich weiß von eurem Gespräch in der Tavern. Keine Ahnung, was du zu ihr gesagt hast, aber es zeigt Wirkung.«

Unwillkürlich erschien ein Lächeln auf Mollys Lippen. »Ich versichere dir, dass ich mit etwaigen Nuancen in eine positive Richtung nichts zu tun habe. So viel verrate ich dir: Nora ist für mich wahrhaft die beeindruckendste Frau, die ich je kennenlernen durfte. Bereits als Chefin hat sie mich fasziniert, und jetzt noch mehr. Mein Tipp … Strecke entspannt die Füße aus und lass sie einfach machen. Alles wird gut.«

»Nun wird es richtig interessant. Ich bin gleich bei dir.« Jim legte auf.

Durch das Beifahrerfenster sah Molly, wie sich Jims Haustür einen Spalt breit öffnete. Cicero und Sugar traten ins Freie. Ihren zaghaften Bewegungen zufolge waren sie vom Wetter wirklich nicht besonders angetan.

Kapitel 14

Laurie umrundete die Bar und erklomm den Barhocker neben Tom. Er wirkte gedankenverloren und müde. »Für morgen habe ich drei verschiedene Pastas als Tagesgericht vorgesehen. Was meinst du?«, fragte sie, um das Gespräch in Gang zu bringen.

»Gute Idee. Ich liebe diese eine mit der Sahnesoße, Krabben und Blattspinat.«

Laurie streichelte über seine Wange. »Du bist erledigt. Der Ansturm war aber auch gewaltig – alle auf einmal. Dafür konnten wir etwas früher Schluss machen. Lass uns nach Hause gehen. Monique und Miles werden überrascht sein, wenn wir schon antanzen.« Sie wollte gerade vom Barhocker rutschen, als Tom sie festhielt.

»Nutzen wir die gewonnene Zeit, um in Ruhe zu reden. Wir haben die Fakten durch, über das ganze Drumherum ist allerdings noch kein Wort gefallen. Du befindest dich am Anfang der achten Schwangerschaftswoche. In zweiunddreißig werden wir zu viert sein.« Tom lächelte. »Vierzig Wochen und die Trimester mit ihren Entwicklungsphasen sind in meinem Gehirn für immer und ewig fest verankert.«

Laurie wusste natürlich, was Tom bezweckte. Er wünschte sich zu erfahren, wie sie sich fühlte und was sie beschäftigte. Anders als bei ihrer Schwangerschaft mit Benjamin brauchte sie dieses Mal jedoch länger, um die Situation in ihrer Gesamtheit zu realisieren und in sie hineinzugleiten. Es war, als hätte sie eine Sperre errichtet, die ihre Eindrücke nur gefiltert und stückweise passieren ließ. Leider half die Barriere nicht gegen diese eine, alles beherrschende Empfindung, die unvermutet nach dem Besuch bei Doctor Wilson aus dem Nichts aufgetaucht war und sie gänzlich aus dem Konzept brachte: eine brennende Verlustangst.

»Einstweilen gibt es nicht viel zu sagen.«

»Ach, Blödsinn. Ich merke, dass etwas mit dir nicht stimmt«, entgegnete Tom. »Du verhältst dich eigenartig. Ja, wir stecken in einer ungeahnten Lage. Und ja, es steht vor allem dir einiges bevor, doch negieren bringt uns nicht weiter.«

»Ich bin mir nicht sicher, wer von uns beiden den Löwenanteil zu bewältigen hat. Abgesehen von geschwollenen Knöcheln, Diabetes, Unbeweglichkeit und letztlich der Geburt bist eher du der Leidtragende.«

»Ich soll der Leidtragende sein?« Tom runzelte die Stirn. »Allein das Wort finde ich in diesem Zusammenhang fehl am Platz. Wie kommst du auf so etwas?«

»Ach, ich weiß auch nicht. In der Schwangerschaft bin ich für die Gesundheit des Kindes zuständig – darauf fokussiert sich mein ganzes Dasein. Auf deinen Schultern lastet die komplette restliche Verantwortung, von der Tavern bis hin zu meinem Wohlbefinden. Naturgemäß stehst du dennoch bloß daneben und bist zum Beobachten verdammt. Dreh und wende es, wie du willst, du bist benachteiligt – und ich trage die Schuld daran.«

»Was?« Tom ergriff ihre Hand. »Um Himmels willen, Laurie! Woher stammt dieser völlig absurde Gedankengang? Er passt doch gar nicht zu dir. Hat dir das jemand eingeimpft?«

»Nein. Alle freuen sich für uns. Ich habe keine Ahnung, warum ich so fühle.« Sie grinste schief. »Vielleicht schickt mein Unterbewusstsein das Signal, dass du davonlaufen möchtest und ich bald als Single dastehe.«

»Wir beide sind ein Team und alle zusammen eine Familie.« Tom zeigte auf Lauries Bauch. »Inklusive ihr oder ihm da drinnen. Die Schwangerschaft kam für uns beide überraschend, nichtsdestoweniger bin ich überglücklich. Nicht einmal die erhöhten Risiken können dieses Glück schmälern. Meine einzige Sorge ist, wie ich dich dazu bringe, dich doppelt und dreifach zu schonen. Aber selbst das habe ich dieses Mal besser im Griff. Und weißt du, warum? Ich vertraue dir.«

Unmerklich zog Laurie die Brauen hoch. Seine letzten Worte bewegten sie mehr als alles davor Gesagte. Diese beklemmende Empfindung und das rätselhafte schlechte Gewissen lagen allein in ihr begründet. Tom gab ihr keinen Anlass, in diese Richtung zu denken. Sie musste sich nur sein Strahlen vergegenwärtigen, als sie ihm von der Schwangerschaft erzählt hatte. Was sollte das also? Tom hatte recht. Es entsprach definitiv nicht ihrem Charakter, sich in solch unlogische Wirren zu verstricken. Es war wichtig, dem rasch einen Riegel vorzuschieben.

Tom musterte sie aufmerksam. »Hast du mit Molly oder einer anderen Freundin darüber geredet? Womöglich beruhigt dich das.«

»Nein, das würde nichts bringen. Ich tu mich ja schon schwer, es dir plausibel zu erklären. Es handelt sich um keine Laune, sondern sitzt tiefer – ich spüre es. Schweigen darf ich allerdings auch nicht.« Laurie kniff die Augen zusammen und nickte. »Gleich morgen früh vereinbare ich einen Termin bei Doctor Wilson. Schlimmstenfalls überweist sie mich an eine Psychotherapeutin. Der Zustand ist furchtbar nervig und muss verschwinden. Ich hasse ihn.«

Tom lächelte. »Ja! Das passt nun wieder ganz zu dir. Vergiss bitte nicht, Nat den Termin weiterzuleiten, damit er den Organisationsplan ändert – für uns beide. Ich begleite dich. Protest ist zwecklos.«

Kapitel 15

Und du magst tatsächlich noch da raus? Ganz sicher?« Molly streckte den Kopf durch die Eingangstür. »Es ist eisig kalt, stockfinster, und bestimmt beginnt es jeden Moment erneut zu schneien.«

Nat gab ihr einen sanften Schubs, so dass sie einen Schritt ins Freie tat. »Es ist windstill, der Mond scheint, in Maple Creek gibt es Straßenlaternen, und du bist angezogen, als würdest du bei einer Polarexpedition mitmachen. Ich möchte nicht allein durch die Nacht laufen.«

»Warum willst du das überhaupt?« Molly stöhnte auf. »Okay, aber nicht zu weit. Nur die Zufahrt zum Haus hinunter und ein Stück die Straße entlang.«

»Warum ich das will?« Nat legte den Arm um sie und zog sie mit sich. »Aus nostalgischen Gründen. Als ich ein Kind war, ist unser Vater in der Vorweihnachtszeit mit Pam und mir oft bei Dunkelheit spazieren gegangen. Im Tiefschnee sind wir zum See gestapft, und er erzählte uns Geschichten über seine eigene Kindheit und die damaligen Bräuche. Er sagte, wir könnten möglicherweise einen Engel fliegen sehen. Ich glaube, in Wirklichkeit erinnerten ihn diese abendlichen Wanderungen an unsere Mutter – sie hat den Winter geliebt.«

Molly lächelte und schmiegte sich an ihn. »Dann bring mich zum See. Ich werde schon nicht erfrieren.«

Eine Weile lang spazierten sie schweigend nebeneinander her. »Wie habt ihr Weihnachten verbracht? Du, Pam und dein Vater?«, fragte Molly schließlich.

»Wunderschön und voller inniger Gefühle. Im Grunde seltsam, weil unser Vater nicht der überschwängliche, herzliche Typ gewesen ist.« Nat seufzte auf. »Er hat viel gearbeitet, weshalb Pam und ich oft allein waren. Weihnachten jedoch hat er sich Zeit für uns genommen. Jedes Jahr am 23. Dezember wurde ein Christbaum gekauft, den wir am 24. Dezember geschmückt haben. Abends hat mein Vater versucht, ein feierliches Mahl zuzubereiten. Die Betonung liegt auf *versucht* – er war kein begnadeter Koch. Wir haben Kerzen angezündet, Lieder gesungen und durften lange wach bleiben. Am nächsten Morgen gab es erst die obligatorischen Geschenke, mit denen wir natürlich unverzüglich spielten, dann hat uns Vater aus – du wirst es nicht glauben – ›A Christmas Carol in Prose‹ von Charles Dickens vorgelesen.« Nat lachte auf. »Ich hatte Riesenangst vor dem Geist der zukünftigen Weihnacht.«

Molly stimmte in sein Lachen ein. »Hast du die Verfilmung mit Bill Murray gesehen? Ich fand den blond gelockten Geist super, der ihn ständig geohrfeigt hat. Was hältst du davon, wenn wir uns den Film später anschauen? Sicherlich finden wir ihn auf irgendeiner Streaming-Seite.«

»Gute Idee, ich kann mich kaum an die einzelnen Szenen erinnern. Wie war eigentlich dein Weihnachten? Bestimmt imposanter als meines.«

Molly ächzte. »Als würde einem der blonde Geist unablässig eine runterhauen. Ich habe mich regelrecht vor der Feier gefürchtet. Meine Eltern waren ernst wie immer, serviert wurde irgendein Fisch mit Tausenden Gräten, ich trug ein kratziges Kleid, und die Großeltern väterlicherseits besuchten uns. Die waren am gruseligsten. Du weißt, dass ich die liebevolle Seite meines Vaters erst durch seine Briefe an Tante Gynnie kennengelernt habe. In Gegenwart seiner Eltern war er noch steifer und kälter als sonst. Nicht mal die Aussicht auf die Geschenke am nächsten Morgen konnte mich aus der Misere retten.«

»Das klingt schrecklich.«

Molly nickte. »Als ich älter war, habe ich einmal eine Ausrede benutzt und bin auf dem Campus geblieben, Dorothy selbstverständlich ebenfalls und viele andere auch. Es gab ein offenes Feuer, Musik, zuckersüßen, starken Punsch, Pizza vom Lieferservice und jede Menge Gelächter und Fröhlichkeit. Wir haben alle um das Feuer herumgestanden und ›Last

Christmas‹ von *Wham!* mitgesungen – die meisten laut und falsch, aber mit Begeisterung.«

»Der schlimmste Weihnachtssong aller Zeiten. Ich hasse ihn, summe allerdings sofort mit.«

»Gewiss müssen noch Generationen unter ihm leiden.« Molly kicherte und stimmte den Refrain an.

»Hör auf! Sonst singe ich wider Willen mit.« Nat hielt sich die unter dicken Fäustlingen verborgenen Hände über die Ohren. »Wir reden über längst vergangene Weihnachtsfeste. Wie werden wir unser erstes als Ehepaar gestalten?«

»Puh! Wegen all der Turbulenzen habe ich mir keine Gedanken darüber gemacht. Ich fände es schön, wenn wir mit unseren Freunden feiern würden. Und trotz meiner Kältephobie stelle ich mir das Beisammensein im Freien unter sternenklarem Himmel vor. Warm eingepackt mit Punsch, vielen Lichterketten und gebratenen Kartoffelscheiben. Vielleicht ein bisschen wie damals auf dem Campus.«

»Dann planen wir das«, entgegnete Nat lakonisch.

»Das wäre fantastisch, ist jedoch nicht durchführbar. Jeder arbeitet aktuell am Limit, und freie Zeit für die Vorbereitungen ist Mangelware.«

»Der Aufwand ist gering. Helfen alle zusammen, ist das leicht zu schaffen. Jeder trägt einen kleinen Teil dazu bei, und ich übernehme die Organisation.« Nat schmunzelte. »Ohnehin bin ich gerade in Übung.«

»Nicht mal ich könnte großartig mit anpacken. Bis zu den

Feiertagen werde ich von früh bis spät in der Redaktion sitzen.«

»Grübeln wir lange herum, wird das nie was. Ich wüsste sogar schon das geeignete Datum: den 24. Dezember, abends. Einige sind sowieso unterwegs, weil sie zur Messe in die Kirche gehen. Und der 25. Dezember ist, wie üblich, für Geschenke und Familie reserviert. Lass mich einfach machen, während du dich um deinen Job kümmerst.« Nat zog seine Mütze in die Stirn und zeigte nach vorn. »Schau! Der See. Du hast es geschafft.«

Molly sah auf und hielt voller Staunen den Atem an. Der Anblick war unbeschreiblich. Es schien, als legte das helle Mondlicht einen glitzernden Sternenteppich über die Oberfläche des Wassers, während sich die schneebedeckten Bäume im Hintergrund wie riesige Monumente erhoben. Bis auf das leise Knacken des Schnees herrschte absolute Stille. Noch nie hatte sie solch eine Stimmung erlebt.

Die Atmosphäre drang tief in Molly vor und ließ sie erschauern. So fühlte sich also der wahrhafte Zauber der nahenden Weihnacht an. Vergangenheit, Gegenwart und Zukunft verschmolzen ineinander und gestatteten einen Moment der Besinnung und des Friedens. *Schicksalhaft*, dachte Molly und spürte Tränen der Rührung in sich aufsteigen. Sie war genau am richtigen Ort mit genau der richtigen Person.

Kapitel 16

Ungeduldig wartete Nat vor der Lifttür. Als er auf der Anzeige sah, dass die Kabine nach oben fuhr, entschloss er sich kurzerhand, die Treppe zu nehmen.

Seit dem nächtlichen Spaziergang mit Molly befand er sich in Aufruhr. Nach ihrer Hochzeitsreise waren sie umgehend in den Strudel der Ereignisse geraten und hatten sich anstandslos von ihm mitreißen lassen. Dabei war einiges auf der Strecke geblieben. Unter anderem, sich eingehend Gedanken über ein besonderes Weihnachtsgeschenk für Molly zu machen. Demzufolge hatte er in der Kürze beschlossen, ein Schmuckstück zu kaufen.

Zufrieden mit der Idee war er allerdings nicht gewesen und hatte sogar noch auf der Fahrt zu dem Juwelierladen gegrübelt, ob sich nicht ein persönlicheres Geschenk finden ließe. Ohrringe oder eine Halskette waren durchaus angemessene Präsente, drückten jedoch nicht aus, was er für Molly empfand und ihr vermitteln wollte.

Als er direkt vor dem Juwelierladen keinen Parkplatz gefunden hatte, war er ein Stück weitergefahren und hatte den Wagen schließlich vor einer riesigen Plakatwand angehalten. Das Bild zeigte die Werbung eines Reisebüros: eine zwischen zwei Palmen aufgespannte Hängematte, darunter, halb im weißen Sand vergraben, eine Kokosnuss, in der eine sonnengelbe Blume und ein silberglänzender Trinkhalm steckten. Diese beiden Farbklekse hatten den Ausschlag gegeben, dass es ihm endlich bewusst geworden war: Was zählten Gold und Diamanten, wenn man eine unvergessliche Erinnerung schenken konnte?

Außer Atem erreichte Nat den dritten Stock und blieb vor der Tür mit der dezenten Aufschrift *Lilly Summers Werbe- und Eventagentur* stehen. Erst einmal musste er verschnaufen. Die Stufen im Laufschritt zu nehmen, brachte selbst seine Lunge beinahe zum Platzen. Als er wieder ruhig atmete, öffnete er die Tür und trat ein.

Timothy sah von seinem Bildschirm auf. »Hi, Nat. Lilly kommt gleich. Sie ist im Besprechungszimmer und checkt eine –«

»Ich bin schon da!« Lilly erschien in dem Durchgang, der zu den hinteren Büroräumen führte, und zeigte Timothy den erhobenen Daumen. »Alles läuft auf Knopfdruck.« An Nat gewandt erklärte sie: »Für einen wichtigen Neukunden haben wir eine Präsentation erstellt. Mister Fletcher wird uns zwar erst in einer Stunde beehren, aber ich bereite immer alles rechtzeitig vor. Pannen sind ein Gräuel für mich. So bin ich entspannt und brauche nur noch auf ›Enter‹ zu tippen.« Sie ging zu ihrem Schreibtisch, nahm ein blitzblaues Kuvert aus festem Karton mit goldenen Applikationen aus einer Ablagebox und reichte Nat den Umschlag. »Hat Molly sich für ein Reiseziel entschieden, macht euch in dem Reisebüro einen Termin bei Susan Babs aus. Sie ist die Beste. Unter der Gutscheinnummer ist der Sonderrabatt hinterlegt. Er wird dann automatisch abgezogen.« Lilly lächelte. »Ich finde die Idee wunderbar, vor allem den Gedanken dahinter. In dir steckt ein Romantiker. Oh, ein kleiner Tipp von Frau zu Mann: Eine hübsche Schleife drum herum wäre das Tüpfelchen auf dem ›i‹.«

Nat küsste Lilly auf die Wange. »Ach, mit Schleifen hab ich's weniger. Aber danke, du bist die beste Schwägerin. Weißt du schon, was du Pamela schenken wirst?«

»Nichts. Dieses Jahr konzentrieren wir uns ganz auf Amira und Samara. Es ist ihr erstes richtiges Weihnachtsfest in Kanada. Pam und ich wollen sie mit vielen Päckchen überraschen. Da bleibt keine Zeit für uns beide.«

»Es scheint ein Jahr zu sein, in dem die Erwachsenen weitgehend den Kürzeren ziehen. Laurie und Tom verfahren gleich wie ihr«, entgegnete Nat.

»Ich schenke Eve eine Halskette«, warf Timothy ein. »Und Miles hat für Monique einen Ring besorgt. Mir wäre das zu gefährlich. Ein Ring kann leicht missverstanden werden. Bei mir schnappen die Fesseln bestimmt nicht so schnell zu.« Er grinste und hob die Schultern.

»Ich dachte, du bist glücklich mit Eve?«

Mit einem Schlag fiel Timothys lässiges Gebaren in sich zusammen. Er senkte die Lider und richtete sich kerzengerade auf. Offensichtlich wirkte Nats Autorität als Timothys früherer Chef ungebrochen. »Ich habe Eve gern, sie ist nur ziemlich kontrollierend und manchmal echt anstrengend.«

Lilly verdrehte die Augen. »Wir haben erst unlängst ewig lang darüber gesprochen. Erinnerst du dich flüchtig? Mach endlich den Mund auf und rede mit Eve. Es bringt nichts, allen anderen von deinen –«

»Stopp!«, unterbrach Nat sie. »Ich will nichts hören. Sonst muss ich Molly davon berichten, und sofort wird sie sich sorgen. Ihr kennt sie doch.« Er ging zur Tür und zog sie auf. »Lilly, tausend Dank noch einmal. Ihr dürft nun weiterdiskutieren.«

Nat trat auf den Gang hinaus und betrachtete das blitzblaue Kuvert in seiner Hand. Die Zeit der eigenen Liebeswirren und derartiger Probleme war endgültig vorbei. Mit Molly hatten sich all seine Träume erfüllt. Träume, die in Wahrheit nie in seiner Fantasie verankert gewesen waren, weil er sich diese Vollkommenheit nicht hatte vorstellen können.

Kapitel 17

Fröhlich pfeifend betrat Jim das Maple Lake Inn und ging zielstrebig auf den Aufenthaltsraum zu. Er hatte Nora vorgeschlagen, ihn zu begleiten und ihn bei seinem Vorhaben zu unterstützen, doch sie hatte strikt abgelehnt. Lieber wollte sie es sich bei Cicero und Sugar auf der Couch gemütlich machen und im Internet nach einem dritten Hund suchen. Ihre verbissene Arbeitslust schien jäh wie weggefegt.

Erst war es Jim gar nicht aufgefallen, so unterschwellig hatte die Rückbesinnung begonnen. Dann allerdings war die Veränderung nicht mehr zu übersehen gewesen. Und plötzlich war Nora auch wieder auf ihr gemeinsames Vorhaben eingegangen, einen dritten Hund anzuschaffen. Das war ebenfalls schleichend geschehen – ein dezenter Einwurf an einem Tag und am darauffolgenden der nächste.

Nora und Molly offenbarten ihm nicht, was sie an jenem Abend in der Tavern miteinander gesprochen hatten. Streng hüteten sie die Unterhaltung wie ein besonderes Geheimnis – und das würde es wohl bleiben. Wenngleich Jim neugierig war, ließ er die Angelegenheit ruhen. Für ihn zählte das Resultat.

Er betrat den Raum und blickte sich um.

Franklin Bauers und Levi Strauss saßen an einem Tisch bei der Fensterfront.

Jim begrüßte die beiden und nahm Platz. »Danke, dass ihr gekommen seid und euch Zeit für mich nehmt.«

»Wir sind offen gestanden gespannt, was du von uns möchtest«, entgegnete Franklin. »Von uns zusammen«, fügte er hinzu.

Levi nickte beipflichtend. »Es hat den Anschein eines Veteranentreffens. Also, direkt heraus mit der Sprache.«

Jim setzte sein verbindliches Anwaltslächeln auf. Erst wollte er auf sein offizielles Anliegen eingehen, bevor er die vergleichbare Zukunftssituation ins Spiel bringen würde. Der Spuk des Alterns geisterte seit einigen Tagen vehement durch seinen Kopf – und er bezog sich nicht allein auf Franklin und Levi. »Das ist rasch erklärt: Wir planen ein Weihnachtsfest. Es wird am 24. Dezember an einem öffentlichen Platz stattfinden, wo, ist noch nicht geklärt. Jeder aus Maple Creek und Umgebung ist eingeladen. Da freie Zeit bei allen knapp bemessen ist, benötigen wir eure Mithilfe bei den Vorbereitungen.«

»Wer ist *wir*, und wie seid ihr auf die Idee gekommen?«, fragte Franklin sofort.

Er war in der Tat Journalist mit Leib und Seele. Jim unterdrückte ein Schmunzeln. »Ursprünglich stammt der Einfall von Molly und Nat. Sie haben jedoch nur eine Zusammenkunft im engsten Freundeskreis erwogen. Nun, ein Wort ergab das andere, und aus dem kleinen weihnachtlichen Treffen wurde eine Feier für ganz Maple Creek.« Er beugte sich vor. »Ihr kennt den Druck, unter dem Molly, Nat und die anderen stehen. Sie können nicht die gesamte Last auf ihre Rücken packen.«

»Also ich bin dabei«, antwortete Levi. »Rosalie wird sich freuen. Sie wird es sich nicht nehmen lassen, massenhaft Weihnachtskekse beizusteuern.«

»Mir gefällt das Vorhaben ebenfalls. Valerie und ich unterstützen euch gerne. Ihre Backkünste halten sich jedoch in Grenzen. Hast du schon Aufgaben für uns parat, Jim?«

»Nein.« *Jetzt oder nie! Eine bessere Gelegenheit wird sich nicht bieten, alles in einem Aufwasch darzubringen,* dachte Jim. »Als ich sagte ›Mithilfe bei den Vorbereitungen‹, meinte ich eigentlich, dass wir drei die Organisation übernehmen sollten. Klappt das gut, könnten wir in der Folge womöglich andere gemeinsame Projekte angehen. Franklin, du übergibst deine Position an Molly, Levi sucht einen Nachfolger für die Praxis. Und ich? Seit ich ausschließlich kleine Fälle in der Gegend annehme, wird es langsam still um mich. Ich bin nicht unglücklich darüber, vor dem Fernseher möchte ich allerdings nicht versauern.«

Levi lachte auf. »Mit einer Frau wie Nora wäre das auch nicht möglich. Sie würde dir gehörig Feuer unterm Hintern machen.« Er besann sich. »Seit wann denkst du über das alles nach, Jim?«

»Ehrlicherweise kam der Anstoß von dir. Deine Überlegungen wegen der Zukunft haben mich nicht nur inspiriert, über dich und Franklin zu sinnieren, sondern genauso über meine Situation. Ich bin zwar etwas jünger als ihr, aber wie lange wird es dauern, bis ich ebenso vor einer gähnenden Leere stehe? Behaltet es bitte für euch, weil ich mit keinem anderen darüber reden will, nicht mal mit Nora. Bei uns kehrt langsam wieder Friede ein, und ich habe nicht vor, sie durch meine innere Unrast zu animieren.«

Franklin nickte. »Nur wer sich in derselben Lage befindet, kann die Panik vor der Untätigkeit nachvollziehen. Wenn ihr wüsstet, womit ich mich beschäftige, um die Spannung zu erhalten. Sei's drum! Welche Projekte erwägst du, Jim? Ich hoffe, dass du uns nicht zu den künftigen Eventmanagern Maple Creeks erkoren hast.«

»Bestimmt nicht. Ein Arzt, ein Journalist und ein Anwalt – alle drei mit viel Erfahrung und bis oben hin voll mit Weisheit. Lasst uns ein interessantes Grundthema finden und unsere Kenntnisse aus den unterschiedlichen Perspektiven zu Papier bringen.«

Sowohl Franklin als auch Levi starrten ihn entgeistert an.

»Verstehe ich dich richtig? Wir sollen gemeinsam ein

Sachbuch oder etwas Vergleichbares schreiben?«, fragte Levi schließlich.

Jim war bewusst, dass er weiter ausholen musste, um seinem Geistesblitz Form zu geben. »Genau. Ein Beispiel: Levi, dich interessiert Geschichte. Nicht, wer wann gegen wen Krieg geführt hat, sondern die Geschichte der Medizin. Und du, Franklin, wärest begeistert, die negativen Seiten der christlichen Historie aufzurollen. Dann könntest du den Reverend in Ruhe lassen.«

»Weißt du etwa von Molly – ?«, fuhr Franklin auf.

Jim schnalzte mit der Zunge. »Schau, schau. Molly ist also informiert? Sie ist nicht meine Quelle. Verrate mich bloß nicht. Valerie und Nora sind sich unlängst begegnet, und deine Frau hat ein paar Meldungen fallen gelassen. Nichts Eindeutiges, aber du darfst nicht unterschätzen, dass Nora ebenfalls aus eurer Branche stammt. Sie versteht es, eins und eins zusammenzuzählen.«

Levis Blick schwenkte zwischen Jim und Franklin hin und her. »Wollt ihr mich aufklären?«

»Ich überprüfe ein paar Dinge aus dem Leben des Reverends«, antwortete Franklin ausweichend. Auf einmal wirkte er unruhig. »Kehren wir zurück zum primären Thema. Was haltet ihr davon, wenn wir uns in zwei, drei Tagen wiedertreffen und mit der Planung für die Weihnachtsfeier beginnen? So haben wir auch Zeit, über die andere Sache nachzudenken.«

»Am Freitag ist meine Praxis geschlossen. Meeting um zehn, hier?«

Jim und Franklin nickten zustimmend.

Kapitel 18

Eine Spitzensache. Schade nur, dass Benji die Weihnachtsfeier noch nicht bewusst miterleben wird, dafür ist er eindeutig zu jung.« Tom strich sich über das Kinn. »Mit der neuen Größenordnung muss ich umdenken. Die Frage ist, ob ich zur Punsch- oder Glühwein-Variante tendieren soll. Vielleicht ein steifer Grog? Vor vielen Jahren in Toronto hat ein ehemaliger Kollege in der Bar eine exzellente Kreation erschaffen. Wir haben sie zur Weihnachtszeit in Shotgläsern an die Gäste verteilt. Die ließe sich mit einigen Gewürzen und Früchten durchaus verfeinern.« Er grinste. »Die Details interessieren dich einen Dreck. Habe ich recht?«

Nat schmunzelte. »So beinhart würde ich es nicht ausdrücken, falsch liegst du allerdings nicht. Wie das Ergebnis schmeckt, ist mir wichtiger.«

»Jaja. Für die Feinheiten habe ich zum Glück Miles. Er ist ein fantastischer Experimentpartner. Eine alkoholfreie Variante für die Kinder darf ich nicht vergessen. Dasselbe weniger süß für Laurie, andere Schwangere und Abstinenzler.«

»Wie geht es dir?«, fragte Nat unvermittelt. Er brauchte nicht weiter auszuholen. Tom wusste, was er meinte.

»Bei mir ist alles im grünen Bereich. So verflucht dämlich der Vergleich klingt, es ist wie Fahrradfahren. Beim ersten Mal ohne Stützräder kriegt man Höllenangst, der nächste Versuch funktioniert reibungslos, und die Furcht ist beinahe weg. Der komplette Kontrast zur Schwangerschaft mit Benji.« Tom zuckte mit den Schultern. »Da war ich ein Nervenbündel und ständig hinter Laurie her.«

Nat nickte. Es lag nicht weit zurück, und er konnte sich gut daran erinnern, wie Tom jede Handlung Lauries, vor allem jeden Bissen und jede Bewegung, zu kontrollieren versucht hatte. »Das tut dir sicher gut – und ihr. Ich weiß noch, wie Laurie dich wegen deiner Stalkerei regelmäßig verflucht hat.«

»Ja, ich hab's mächtig übertrieben – das ist Geschichte. Glaub aber nicht, ich wäre unaufmerksam und würde es laufen lassen. Laurie ist eine Wahnsinnsfrau, die alles meistert. Gegen körperliche und seelische Probleme kommt man jedoch nicht nur mit Urkraft an. Eine positive Einstellung ist unbedingt nötig, um ihnen entgegenzuwirken.«

Nat musterte seinen besten Freund kritisch. Toms optimistische Aussagen widersprachen seiner Körperhaltung – gekrümmter Rücken, geneigter Kopf. Auch die Miene unterwarf sich nicht der aufgesetzten Heiterkeit. Welche Bedeutung steckte in den letzten beiden Sätzen? »Okay, was ist los? Und rede nicht drum herum. Machst du dir Sorgen wegen der erhöhten Risiken und der Zuckerkrankheit?«

»Shit. Hör zu, Nat, es gibt da wirklich eine Sache. Laurie will die für sich behalten, was ich verstehe … oder nicht verstehe, aber akzeptiere.« Tom trat von einem Fuß auf den anderen. »Herrgott. Zu keinem ein Wort, nicht zu Molly oder Pam oder sonst wem. Verstanden? Laurie kämpft gegen gewisse unbegründete Ängste an, die durch die neuerliche Schwangerschaft aufgepoppt sind.«

»Ähnlich wie bei Samara? Durch Pam und Lilly kenne ich die Details und Hintergründe.«

»Keinen Schimmer, ob das vergleichbar ist. Wahrscheinlich schon, irgendwie.« Tom senkte die Stimme. »Laurie fühlt sich schuldig und glaubt, ich könnte sie verlassen. Sie ist sich bewusst, dass das ein riesiger Schwachsinn ist, kommt dennoch nicht gegen den Eindruck an. Wir waren bereits bei Doctor Wilson, und sie hat Laurie an eine Psychotherapeutin verwiesen. Das erste Gespräch dort lief gut, und nun wissen wir, worum es sich handelt. Das Ganze nennt sich postnatale Depression und stammt von der ersten Schwangerschaft. Wachgerufen oder verstärkt wurde sie durch die zweite. Wegen der Umstände kommt eine Angststörung dazu. Laut der Psychologin wird die Behandlung rasch anschlagen. In Wahrheit ist es nämlich keine Depression, sondern nur so was wie eine Vorstufe. Die Angst sei – auch dank meines Verhaltens – ebenfalls leicht in den Griff zu kriegen. Was ist *leicht?*« Tom stöhnte auf. »Ich bin nicht imstande, es dir besser zu erklären, weil ich von dem Kram keine Ahnung habe. Ich saß daneben wie ein Vollidiot.«

»Gott sei Dank habt ihr sofort reagiert.«

»Und ob! Angeblich trifft das Problem viele Frauen, die meisten verheimlichen es allerdings, und dadurch wird es schlimmer. Ich meinte das vorhin genau so: Laurie ist eine Wahnsinnsfrau. Stell dir vor, sie hätte mir nichts gesagt. Allein dafür liebe ich sie gleich noch mehr. Gemeinsam packen wir das. So, und jetzt kehren wir zur Weihnachtsfeier zurück. Wie ist der letzte Stand?«

Nat ging bereitwillig darauf ein, zumal er Toms prompten Themenwechsel nachvollziehen konnte. Er würde exakt gleich vorgehen. Die Fakten waren dargebracht, Vertiefungen und Mutmaßungen trieben einen bloß in die Verzweiflung. »Jim, Franklin und Levi knien sich mit Begeisterung in die Organisation. Damit bin ich bis auf das Handwerkliche weitgehend raus. Wie geplant stelle ich meine Männer für den Aufbau. Die Mädchen und Elisabeth haben Tausende Lichterketten im Weihnachtsfundus des Hotels aufgestöbert.« Er grinste und korrigierte sich: »Tausende Lichter, Ketten sind es deutlich weniger. Es muss nur noch die Funktionalität überprüft werden. Aktuell tüfteln Jim, Franklin, Levi und ich am geeigneten Platz. Er sollte für jeden zu

Fuß erreichbar sein, Strom ist notwendig, und die Schneeräumung darf nicht zu einem Fiasko ausarten.«

»Ich freu mich schon«, antwortete Tom. »Wie jedes Jahr bleibt die Tavern ab dem 24. Dezember für einige Tage geschlossen. Das Fest ist der Auftakt unseres Miniurlaubs.« Er drehte sich um und holte zwei Gläser von einem Regal. Prüfend betrachtete er die Flaschensammlung. »Darauf stoßen wir an.«

Nat breitete die Arme aus. »Einem Wirt widerspricht man nicht.«

Kapitel 19

Franklin hielt an der Kreuzung und kontrollierte die Querstraße. Er drehte das Lenkrad, um den Weg nach Hause einzuschlagen, doch abrupt wechselte er die Richtung und bog links ab.

Die vergangenen Tage mit Jim und Levi waren in jeder Hinsicht dermaßen positiv verlaufen, dass er keinen Gedanken an seine ungewisse Zukunft verschwendet hatte. Natürlich reflektierte er die Perspektiven, allerdings auf einer freudvollen und beruhigten Ebene. Endlich tat sich ein Fenster auf.

Bereits länger war ihm bewusst gewesen, dass ihn die Position des Chefredakteurs bei der *Maple Creek News Time* nicht mehr begeisterte. Nicht ausschließlich altersbedingt war seine Zeit gekommen. Mit Molly hatte er den ersten Schritt getan, und nun war das Finale fällig. Dennoch hatte er im Geiste an seiner Stellung festgehalten und die Entscheidung ständig hinterfragt. Es war leicht gewesen, Molly seine Arbeiten zuzuschieben, sie offiziell zu informieren, umso schwieriger. Es hatte ihn Überwindung gekostet, und jeden Tag war ihm ein anderer Grund eingefallen, warum er zuwarten sollte.

Mit der Recherche über den Reverend verhielt es sich ähnlich. Kurz war das Jagdfieber wieder aufgeflammt, inzwischen war ihm jedoch klar, dass seine Nachforschungen schlussendlich zu nichts führen würden und sogar die beginnende Zusammenarbeit mit Jim und Levi stören könnten. Trotzdem war es nicht einfach, loszulassen. Er hatte einiges zutage gebracht, und jetzt aufzugeben, wäre wie ein Schlag mitten ins Gesicht. Dementsprechend musste er erst ein greifbares Resultat erzielen, um infolgedessen ein für ihn zufriedenstellendes Ende herbeizuführen.

Mittlerweile war Franklin am Hauptplatz von Maple Creek eingetroffen. Er parkte den Wagen, stieg aus und hielt direkt auf die Kirche zu. Die Tür stand offen. Der Einfall war spontan gewesen, und er hatte nicht einmal überlegt, wie er den Reverend ansprechen und die Unterhaltung einleiten würde. War es besser, kehrtzumachen und sich erst einen Plan zurechtzulegen?

»Mister Bauers! Sie statten mir einen Besuch ab?«

Franklin sah auf. Der Reverend war ins Freie getreten und winkte ihm zu.

Zu spät für einen Rückzug. »Hallo, Mister Bouchard. Ja, in der Tat. Haben Sie kurz Zeit für mich?«

Der Reverend vollführte eine einladende Handbewegung.

»Selbstverständlich. Ich habe nichts zu tun, außer etwas frische Luft einzulassen. Kommen Sie herein.« Er wartete, bis Franklin die Schwelle passiert hatte, dann schloss er die Tür und zeigte auf die letzte Bankreihe. »Setzen wir uns. Ich habe Sie noch nie in der Kirche gesehen. Was kann ich für Sie tun? Suchen Sie einen Weg zu Gott?«

»Der Zug ist abgefahren, aber für Sie interessiere ich mich seit einer geraumen Weile.« Als Enthüllungsjournalist hatte Franklin gelernt, das Überraschungsmoment zu nutzen. Warum sollte er diesen Vorteil nun durch eine lange Einleitung vergeben?

»Für mich?« Gabriel Bouchard musterte Franklin ohne Scheu. »Ihre Stimmlage verrät mir, dass Sie mich nicht in freundschaftlicher Absicht aufsuchen. Was wollen Sie von mir?«

»Wie wäre es mit der Wahrheit?«

»Ich verstehe Ihre Frage nicht. Welche Wahrheit? Die über Gott? Den Glauben? Das Priestertum? Sie müssen sich schon spezifischer ausdrücken, wenn Sie eine vernünftige Entgegnung von mir erwarten.«

»Ich möchte erfahren, wer Sie sind.« Franklin hütete sich, Details einfließen zu lassen. Im Grunde hielt er nichts weiter in Händen als einen begründeten, jedoch nicht definierten Verdacht, einige fehlende Angaben sowie Dokumente und sein Gespür. »Durch einen Zufall bin ich auf Ihre Einwanderungspapiere gestoßen …«

Dunkelheit zog über das Gesicht des Reverends, und schlagartig wandelte sich seine Miene: Er kniff die Lippen zusammen, die Augen weiteten sich, und seine Stirn legte sich in Falten.

Dessen ungeachtet antwortete er gelassen. »Mister Franklin, ich ahne, dass Ihr Metier Sie oft zu gewissen Fantastereien verleitet. Das verstehe ich und habe –« Abrupt brach er ab und begann von Neuem. »Ich liebe meinen Beruf, und ich liebe Maple Creek. Jeder einzelne Mensch ist mir ans Herz gewachsen, selbst jene, die meine Kirche nicht betreten. Ich führe keine Wertung zwischen gläubig und ungläubig. Diese Tür steht allen offen – buchstäblich wie im übertragenen Sinn.« Er wies auf den Eingang.

Lenkt Gabriel Bouchard gerade den Versuch ein, Verständnis zu erhaschen?, dachte Franklin. Eine Person, die nichts zu verbergen hatte, würde ihm bei solch einer Anschuldigung ärgerlich entgegentreten, ihn heftig zurechtweisen, vielleicht sogar des Hauses verweisen. Nichts davon tat der Reverend. *Jetzt wird es spannend!*

»Elisabeth Morris ist eine alte Freundin. Sie haben ihr sehr geholfen. Handeln Sie bei anderen genauso, zweifle ich nicht an Ihrer Nächstenliebe und Fürsorge.« Franklin hielt inne. Was tat er hier eigentlich? Das war doch nicht Watergate! Vor ihm saß ein entsetzter Priester, der um sein idyllisches Leben bangte. Er hüstelte. »Mister Bouchard, ich weiß, dass in Ihrer Vergangenheit etwas im Dunklen liegt. Offenbaren

Sie mir nun die Wahrheit, schwöre ich, sie für mich zu behalten – bei meiner Ehre. Andernfalls bleibe ich dran und werde keine Rücksicht nehmen. Meine Abneigung gegen die Kirche ist groß, und Sie gehören dieser Institution an.« Über einen Schatten zu springen, schaffte er, zwei waren eine zu mächtige Hürde. Abermals räusperte er sich. »Vor unzähligen Jahren habe ich mit einigen Kollegen an einem brisanten Fall gearbeitet. Es ging dabei um eine junge Frau – sie war sechzehn Jahre alt –, in die angeblich ein Dämon gefahren war. In ihrem christlichen Wahn hatten die Eltern den zuständigen Priester eingeschaltet, und es wurden mehrere Exorzismen durchgeführt. Die Kleine wäre beinahe gestorben. Wir haben gekämpft, um dieses Verbrechen publik zu machen. War eine Mauer niedergerissen, tauchte jedoch bereits die nächste auf. Man hat uns regelrecht den Boden unter den Füßen weggezogen.«

Gabriel Bouchard nickte. »Ich weiß.«

Franklin starrte ihn entgeistert an. »Wie bitte?«

»Mister Bauers, ich bin weder ein Verbrecher noch ein schlechter Mensch. Als junger Mann habe ich bloß eine für mich falsche Entscheidung getroffen.« Der Reverend ließ den Blick durch die Kirche schweifen. »Hier darf ich Gutes tun – den Gläubigen Kraft geben, die Hilfesuchenden unterstützen. Ich will nicht, dass Sie mir das nehmen.«

»Welche Fehlentscheidung?«, hakte Franklin sofort nach. Die Neugierde wegen Bouchards rätselhafter Bemerkung über seinen alten Fall musste er hintanstellen – alles der Reihe nach.

»Ich war beseelt vom Kampf. So drücke ich es zumindest heute aus. Damals nannte ich es anders.« Eine Weile lang schwieg der Reverend.

Als er schließlich fortfuhr, konnte sich Franklin des Eindrucks nicht erwehren, dass Gabriel Bouchard nicht mit ihm sprach, sondern seine Gedanken für sich selbst zum Ausdruck brachte.

»Ursprünglich stamme ich aus Österreich, einem kleinen Dorf im Westen des Landes. Meine Eltern waren Bergbauern, die ihr Dasein von der Hand in den Mund gefristet haben. Was ich besaß, waren ein gestählter Körper, immense mentale Kraft, Verbissenheit und eine fundierte militärische Ausbildung. Also bewarb ich mich bei der Fremdenlegion.«

»Sie waren tatsächlich bei –«

»Bitte, ersparen Sie es uns, mir diesbezüglich Fragen zu stellen. Über diese Zeit werde ich nichts sagen. So viel: Ich habe furchtbare Dinge erlebt, die alles relativierten und ins Gegenteil kehrten, was ich mir als einfältiger, blauäugiger Jüngling erträumt hatte.«

»Berichten Sie weiter«, murmelte Franklin und erläuterte im Stillen, warum die Unterhaltung jäh diese drastische Wende genommen hatte. Es lag nicht an dem Druck, den er ausgeübt hatte. Seine freimütige Erklärung war es gewesen, warum er die Kirche verabscheute.

Der Reverend stieß einen Seufzer aus. »Sobald mein Vertrag abgelaufen war, habe ich die Fremdenlegion verlassen. Und nicht nur die. Meine Reise nach Kanada glich einer Flucht. Neuer Name, neue Staatsbürgerschaft. Der Rest ist Geschichte. Sie sehen, wohin mich der Weg geführt hat.«

»Würden Sie mir zudem erörtern, woher Sie wissen, dass ich als junger Journalist in dem Exorzismus-Fall ermittelt habe?«, fragte Franklin mit leiser Stimme. Dies war nicht der Moment für Drohungen.

»Meinen Sie, Ihr Name hätte damals nicht auf einer Liste gestanden? Den Rest reimen Sie sich zusammen. Für alle ersichtlich und logisch nachvollziehbar war, dass sich mein Vorgänger in Maple Creek altersbedingt in ein Kloster zurückgezogen hatte und ich der Glaubensgemeinde zugeteilt wurde. War ich handverlesen, weil man meine besonderen Fähigkeiten nutzen wollte? Ich habe keine Antwort darauf.«

Franklin atmete tief durch. »Ich würde gern mehr erfahren. Über Sie und letztlich wohl auch über mich. Ihr früheres Leben, die neue Identität, diese Liste, die Sie gerade erwähnten. Es gibt vieles zu klären.«

»Geben Sie sich mit dem zufrieden, was ich Ihnen im Vertrauen erzählt habe, und behalten Sie es – wie versprochen – für sich«, entgegnete der Reverend. »Ich tue wahrhaft Gutes, und die Kirche ist meine Plattform.« Er lächelte zaghaft. »Besuchen Sie eine meiner Predigten, um einen Eindruck von meiner Vorgehensweise zu bekommen. Vielleicht verrückt das Ihr Gesamtbild zumindest im Kleinen.«

Die Informationen waren wie eine turmhohe Welle über Franklin hinweggeschwappt. Er benötigte Zeit, um das Gehörte zu verdauen und für sich einzuordnen. »Ich muss nachdenken, Mister Bouchard. Alles bleibt unter uns, ich halte mein Wort.« Er stand auf und reichte dem Reverend die Hand.

Der ergriff sie. »Nennen Sie mich Gabriel.«

»Franklin.« Abrupt drehte er sich um und verließ die Kirche.

Kapitel 20

Zuerst rieselte ein eiskalter Schauer durch Mollys Körper, dann spürte sie eine brennende Hitze aufsteigen. »Verdammt! Wie war das möglich?«

»Eventuell, weil du zu viel um die Ohren hast?«, erwiderte Dorothy ungerührt. »Du und Nat kümmert euch darum, dass das Rad trotz Freds Unfall und Samaras Krise am Laufen bleibt. Du wirst Chefredakteurin der *Maple Creek News Time*. Lauries Schwangerschaft beschäftigt dich genauso wie deine eigene Familienplanung. Ach ja, nicht zu vergessen das Weihnachtsfest. Die Organisation liegt jetzt zwar in den Händen der *drei Musketiere*, trotzdem bist du am Rande beteiligt.«

»Das sind alles keine Entschuldigungen.« Molly war den Tränen nahe. Wie hatte sie bloß das Weihnachtsgeschenk für Nat vergessen können? »Dorothy, hilf mir! Mein Kopf ist wie leergefegt. Ich brauche eine Idee. Wie war das? Du hast Jack ein wertvolles Buch über Architektur gekauft?«

»Ein *wertvolles Buch gekauft* ist die schnöde Zusammenfassung einer aufwendigen, ellenlangen Suche. In den siebziger Jahren gab es einen berühmten amerikanischen Architekten, den Frank vergöttert. Das Lebenswerk dieses Architekten wurde vor über dreißig Jahren in einem limitierten Hochglanzwälzer herausgegeben. Natürlich ist der längst vergriffen. Ich habe eine Person aufgetan, die nicht nur ein perfekt erhaltenes Exemplar besaß, sondern auch bereit war, es an mich zu verkaufen.«

»Deine Erklärung macht mich noch nervöser. Wie soll ich da aufschließen? Mit einer Uhr oder einer eleganten Markenfüllfeder?«, entgegnete Molly.

»Die Füllfeder würde dich oder mich erfreuen, und eine Uhr wäre ein hübsches Präsent für den bestandenen Schulabschluss. Du musst eine Überraschung finden, die ihn zutiefst berührt und ihm zeigt, wie sehr du ihn liebst.«

Molly stöhnte auf. »Ich liebe ihn über alles. Beim Versuch, meine Gefühle auf die Schnelle in einem Geschenk zu verpacken, versage ich allerdings kläglich. Hätte ich mehr Zeit, würde ich etwas finden. Aber so? Ach Dorothy, wie konnte mir das passieren?«

»Deine aktuellen Aufgaben habe ich bereits angeführt.« Kurz schwieg Dorothy. »Ich empfinde mit dir, dein Wehklagen bringt jedoch nicht die Lösung. Drücken wir also nicht fünfmal die Repeat-Taste, sonst hängen wir fest. Was war eure schönste gemeinsame Begebenheit in den letzten Monaten?«

Automatisch lächelte Molly. »Unsere Hochzeitsreise.«

»Die ist ein guter Ansatz. Welches Geschenk würde Nat ewig an diesen Urlaub erinnern?«

Mollys Lider flatterten. Eine vage Idee begann sich in ihren Gedanken zu formen. Nat sollte nicht zurückblicken, sondern in die Zukunft sehen. Sie jubelte auf. »Dorothy, ich glaube, ich hab's! Du bist genial.«

»Danke, meine Liebe. Ich bin dir stets gern zu Diensten. Vor allem, wenn eine einzige Frage ausreicht. Würdest du mir nun verraten, was dir eingefallen ist?«

»Ja, klar. Entschuldige. Unsere Hochzeitsreise ist vom ersten bis zum letzten Tag wie ein wahr gewordener Traum gewesen. Warum nicht weiterträumen? In einer Beziehung geht es auch darum, die gemeinsamen Erinnerungen zu ergänzen. Ich schenke ihm eine Reise.« Molly kniff die Augen zusammen und hüpfte trotz des Handys am Ohr zweimal hoch.

»Moment. Weißt du denn, wohin er will? Nochmals Hawaii? Und wann würde der Urlaub stattfinden? Das Baugewerbe stagniert im Winter, und Nat hat weniger zu tun, doch du bist – ich erwähne es abermals – bald Chefredakteurin und steckst bis zum Hals in Arbeit.«

»Ich meine keine feste Buchung, vielmehr einen Gutschein. Ort und Zeit können wir später gemeinsam aussuchen.« Molly gefiel die Eingebung immer besser. »Stell dir vor … Wir sitzen im Wintergarten. Draußen schneit es, und die Temperaturen sinken auf minus zwanzig Grad. Rund um uns liegen Kataloge ausgebreitet. Wir schmökern und überlegen, wohin wir fliegen wollen. Dabei lasse ich Nat die freie Wahl – es ist sein Geschenk.«

»Das klingt romantisch, Molly, ehrlich«, entgegnete Dorothy.

Molly räusperte sich. »Ist es in Ordnung, wenn wir unser Telefonat unterbrechen? Ich möchte Lilly anrufen und sie bitten, mir bei der Beschaffung des Gutscheins zu helfen. Sie sitzt an der Quelle, außerdem bekomme ich durch sie einen Nachlass. Das war bei unserer Hochzeitsreise auch so.«

»Unbedingt, mach den Deckel zu.« Mit einem vergnügten Lachen beendete Dorothy die Verbindung.

Molly wechselte in die Anrufliste und tippte auf Lillys Kontakt. Als die sich meldete, legte Molly sofort los: »Ich brauche deine Hilfe – indirekt beruflich.«

»Selbstverständlich. Was kann ich für dich tun?«

»Ich beabsichtige, Nat einen Reisegutschein zu schenken, und du hast engen Kontakt zu den Reisebüros. Würdest du den für mich organisieren?«

Einen Augenblick lang erwiderte Lilly nichts. Schließlich antwortete sie gedehnt: »Einen Gutschein für einen Urlaub?«

»Wenn der Aufwand zu groß für dich ist, sag es bitte. Oder findest du die Idee nicht gut?« Unwillkürlich machte sich ein unangenehmes Kribbeln in Mollys Magengegend breit. Warum reagierte Lilly so seltsam?

»Nein, überhaupt nicht, ich erledige das gern für dich. Und die Idee ist toll. Gerade bin ich nur … etwas in Eile. Ich muss zu einem Kundentermin und habe noch einiges vorzubereiten.«

»Dann lasse ich dich weiterarbeiten, und wir telefonieren morgen wegen der Details.« Molly verabschiedete sich und legte auf. Bevor sie Dorothy erneut anrief, atmete sie erst einmal durch. Wie rasch sich alles zum Guten wenden konnte.

Kapitel 21

Pamela stellte den Laptop auf den Küchentisch und klappte den Bildschirm hoch. Sie wechselte in das Mailprogramm und aktivierte den Link, den Dorothy ihr geschickt hatte. Nachdem sie sich durch die Anweisungen geklickt hatte, erschien tatsächlich Dorothys Gesicht vor ihr. »Geschafft! Hallo.«

»Hi, Pam. Sagte ich es nicht? Ein Kinderspiel. Was meinst du, wie Jack und ich unsere Liebe aufrechterhalten?« Dorothy zwinkerte ihr zu. »Beinahe sind wir uns zum Greifen nah.«

»Nutzt jede Möglichkeit«, flüsterte Pamela. »Für Zweisamkeit müssten Lilly und ich aktuell auch auf Onlinekonferenzen umsteigen. Aber die Situation stört uns nicht. Was zählt, sind die Mädchen. Samara freut sich schon riesig, mit dir zu sprechen und dich dabei sehen zu können. Lass uns vorher nur ein paar Takte darüber reden, was uns die Psychologin empfohlen hat.«

Dorothy nickte. »Diese Idee mit dem Kalender ist fantastisch. Ich habe mich zwischenzeitlich extra in Fachliteratur schlaugemacht. Unter Umständen nehme ich sie abgewandelt für Erwachsene in mein neues Buchprojekt auf. Wäre es möglich, dass ich mich mit Samaras Therapeutin unterhalte? Ich bleibe bis 7. Januar in Maple Creek, vielleicht sogar länger.«

»Ja, klar. Ich bitte sie beim nächsten Treffen um einen Termin für dich. Im Übrigen beziehen sich die Ratschläge nicht auf den Kalender, sondern auf das Online-Gespräch.«

»Das ist gut. Ich will keinen Fehler begehen. Schieß los.«

Pamela faltete die Hände. »Ehrlichkeit ist das Wichtigste. Beantworte jede Frage Samaras wahrheitsgemäß. Samara spricht dich sicherlich auf den 24. Dezember an. Wenn du das Flugticket in der Nähe hast und sie argwöhnt, halte es vor den Bildschirm und zeige es ihr. Vermeide in diesem Zusammenhang aber Worte wie ›ich schwöre‹ oder ›ich verspreche‹. Läuft irgendetwas schief, könnte das einen Rückfall auslösen.«

»Meine letzte Veranstaltung ist am 23. Dezember in Los Angeles. Die lieben so Zeug knapp vor dem Heiligen Abend. Von dort fliege ich am nächsten Tag direkt nach Kanada. Daran wird sich nichts ändern.«

»Es braucht nur das Wetter umzuschlagen, und der Flug wird verschoben. Das würde schon ausreichen.«

»Ich verstehe und richte mich ganz nach deinen Anweisungen.«

»Du bist ein Schatz. Danke! Ich hole sie.« Pamela stand auf und lief ins Wohnzimmer, wo die beiden Mädchen spielten. »Samara, magst du nun mit Dorothy reden? Amira, du danach?«

Während Amira zustimmend nickte, sprang Samara auf. »O ja, Dorothy!«

Kurz betrachtete Pamela die Zwillinge mit einem Lächeln. So unbeschwert Amira erscheinen mochte, lag auf ihren kleinen Schultern eine schwere Last. Pamela zweifelte nicht daran, dass Amira die Situation Samaras instinktiv begriff und das Leid ihrer Schwester eindringlicher verspürte als sie alle zusammen. Ihre psychische Stärke gestattete es, bewusst zurückzustecken und damit Samara auf ihre Weise zu unterstützen – eine enorme Leistung in diesem Alter. Wie so oft quoll auch jetzt Pamelas Herz förmlich über. Wie sehr sie die beiden Mädchen doch liebte!

Samara hüpfte vor Pamela den Flur entlang in die Küche und setzte sich vor den Laptop. »Dorothy! Ich sehe dich, klasse.«

»Und ich dich!«, flötete Dorothy und winkte mit beiden Händen.

»Ich habe geglaubt, dass du einen Beruf hast, der dich frei macht. Als du nicht gekommen bist, war ich ganz durcheinander«, sagte Samara übergangslos.

»Ich erkläre es dir.« Dorothy beugte sich etwas nach vorn. »Die meiste Zeit darf ich wirklich so gestalten, wie ich will.

Ich kann in der Früh schreiben oder spät am Abend, sogar mitten in der Nacht. Ist das Buch fertig, übergebe ich es an einen Verlag. Dort arbeiten viele Menschen, die dafür sorgen, dass es gedruckt und verkauft wird. Zu meinen Aufgaben gehört, dass ich meinen Fans aus diesem Buch vorlese. Wann und wo die Lesungen stattfinden, entscheidet der Verlag.«

»Und wenn dich der doofe Verlag am 24. Dezember irgendwo hinschickt?«

Dorothy schmunzelte und schüttelte den Zeigefinger. »Du kleine Laus! So doof ist der Verlag nicht. Mit seiner Hilfe verdiene ich Geld. Das brauche ich zum Beispiel, um nach Maple Creek zu fliegen und in eurem Hotel zu wohnen. Aber keine Sorge. Meine letzte Lesung ist fest am 23. Dezember. Sag mal, was hältst du davon, wenn ich dir in der nächsten Mail eine Liste aller Orte mitschicke, die ich besuchen werde. Bitte Pam und Lilly um eine Landkarte. Auf diese Art kannst du meine Lesereise mitverfolgen.«

»O ja! Das macht sicher Spaß.« Samara rutschte auf ihrem Stuhl hin und her. »Darf ich es Amira erzählen? Sie mag auf jeden Fall mitmachen.«

»Ja, klar. Lauf nur.«

Pamela wartete, bis Samara sich verabschiedet hatte und an ihr vorbeigeflitzt war, dann nahm sie wieder Platz. »Danke, Dorothy. Das mit der Landkarte ist ein genialer Einfall. Gleich morgen besorge ich eine.«

»Gern – er war spontan. Mein Bruder hatte eine Weltkarte in seinem Zimmer hängen. Auf die hat er Postkarten und Fotos von Freunden angeheftet. Daran habe ich mich erinnert. So, wo ist Amira?«

»Ich komme schon!«, rief das Mädchen und stürmte in die Küche.

Sofort machte Pamela den Stuhl frei und verließ den Raum. Sie wollte gerade ins Wohnzimmer weitergehen, als Lilly die Haustür öffnete und eintrat. Schnell legte Pamela den Zeigefinger auf den Mund und flüsterte: »Amira plaudert mit Dorothy. Samara war die Erste. Das Gespräch ist super verlaufen.«

Lilly lächelte. »O wie schön! Wenigstens eine erfreuliche Nachricht. Ach, Pam. Es ist etwas Furchtbares geschehen, und ich habe keine Ahnung, wie ich das Problem lösen soll.«

»Was ist los?« Entgegen Lillys dramatischen Worten schien sie gut gelaunt zu sein.

»Du wirst es nicht glauben! Nat schenkt Molly doch zu Weihnachten einen Reisegutschein. Nun hat mich Molly angerufen. Was meinst du, welche besondere Gabe sie sich für Nat überlegt hat?«

»Nein! Sag bloß …« Unwillkürlich musste Pamela kichern.

»Lach nicht«, entgegnete Lilly. »Ich sitze in der Klemme. Erzähle ich Molly von Nats Geschenk, zerstöre ich die Überraschung. Halte ich den Mund, schenken sie sich gegenseitig dasselbe. Das ist komisch.«

»Also ich finde das süß. Die beiden ticken wahrlich im Gleichtakt.« Pamela zuckte mit den Schultern. »Behalte es für dich und lass Mollys Gutschein beim gleichen Reisebüro ausstellen. Dann können sie die Beträge bündeln.«

Lilly nickte. »Etwas anderes bleibt mir ohnehin nicht übrig. Nimmt Molly dieselbe Summe wie Nat, wird diese Reise luxuriös ausfallen.«

Kapitel 22

Molly war gerade dabei, einen Artikel zu redigieren, als Franklin nach ihr rief. Sie stand auf und betrat sein Büro.

»Schließ die Tür.« Franklin wartete, bis sie Platz genommen hatte. »Ich habe eine Liste mit Dingen erstellt, die wir uns bis zu meinem Abgang vornehmen sollten. Einige Erledigungen, Tipps, Feinheiten – und an erster Stelle steht die Wahl des neuen stellvertretenden Chefredakteurs. Es ist wichtig, dass der Wechsel jetzt vonstattengeht. Während ich dich anleite, gibst du deine Aufgaben schrittweise weiter. Hast du dir schon Gedanken gemacht, wen du befördern möchtest?«

»Ich bin generell unschlüssig. Nehme ich einen der Redakteure, reiße ich ein riesiges Loch in die bestehende Struktur und laste mir mit Personalsuche und der doppelten Einschulung eine gewaltige Portion Mehrarbeit auf. Bis das rundläuft, vergehen Monate.«

»Das ist wahr, anders wird es jedoch nicht möglich sein.« Franklin musterte sie. »Oder hast du eine bessere Idee?«

»Ja, aber die ist noch nicht fertig durchgespielt«, entgegnete Molly. »Fürs Erste habe ich ausschließlich das Grobgerüst.«

»Dann schauen wir mal, ob dein Ansatz Potenzial hat und wir ihm Substanz geben können. Berichte!«

Molly richtete sich auf. »Natürlich brauche ich einen Stellvertreter, der die Entscheidungen trifft, wenn ich auf Urlaub bin oder krank im Bett liege. Ich benötige jedoch niemanden, dem ich komplette Aufgabenbereiche übertrage. Eine Assistentin oder ein Assistent wäre deutlich sinnvoller für mich.«

»Delegieren, was dir nicht behagt, anstatt im Ganzen abzuwälzen?«

»Das klingt unschön und irgendwie brutal.«

»Ich nenne die Dinge nur beim Namen. Grundsätzlich kein übler Einfall. Um die Personalsuche kommst du zwar auch nicht herum, allerdings bleibt auf diese Weise das redaktionelle Gefüge erhalten. Außerdem ist ein guter Assistent sicherlich leichter zu finden als ein guter Redakteur.« Kurz schwieg Franklin. »Ab Januar gehört die Redaktion dir, und du bestimmst über die Vorgehensweise. Mein klares Ziel war von Anfang an, dich als meine Nachfolgerin aufzubauen. Du hingegen stehst am Beginn und bedarfst wahrscheinlich in der Tat eher einer helfenden Hand. Der zusätzliche Vorteil dabei ist, dass du die Übersicht behältst. In deiner Situation ist das unerlässlich. Alle mögen und achten dich, trotzdem werden sie naturgemäß versuchen, sich etwas herauszunehmen.« Franklin trommelte mit den Fingern auf die Tischplatte. »Ich will nicht abschweifen, aber in puncto *Übersicht behalten* ist mir gerade etwas bezüglich der Weihnachtsfeier eingefallen. Hat Nat schon einen der vorgeschlagenen Plätze ausgewählt? Du weißt, wir überlassen die Entscheidung ihm, weil er den Aufbau durchführt.«

»Nein. Der eine ist ihm zu exponiert, der andere zu ungeschützt, falls starker Wind weht. Die große Wiese am Rande Maple Creeks hat er bereits ausgeschlossen, den Uferbereich vor dem Maple Lake Inn ebenfalls. Dort können sie nicht zufahren, selbst wenn der Schnee komplett weggeräumt wird.«

Franklin beugte sich vor. »Ich hätte die optimale Lösung. Traditionell wird am 24. Dezember in der Kirche eine Messe gelesen. Viele Einwohner besuchen sie. Womöglich ließe sich das vereinbaren.«

Molly zog die Brauen hoch. »Du schlägst ernsthaft den Kirchenplatz vor? Ist dir bewusst, dass du in diesem Fall mit dem Reverend zusammenarbeiten würdest?«

»Ja, warum nicht?« Franklin lächelte hintergründig. »Der weichende Chefredakteur ist in einer bestimmten heiklen Angelegenheit dem Vorschlag der künftigen Chefredakteurin gefolgt.«

Molly riss die Augen auf. »Nein! Du hast mit dem Reverend gesprochen?«

»So ist es.« Franklins Lächeln wurde breiter. »Und ich habe

festgestellt, dass Gabriel Bouchard ein ebenso sympathischer wie kluger Mensch ist. Aber ich hatte recht. Seine Vergangenheit birgt ein Geheimnis. Anders, als ich dachte, nichtsdestoweniger genauso explosiv. In gewisser Weise besteht am Rande sogar eine Verbindung zu mir. Du würdest es nicht glauben!«

Molly hob die Hände. »Nun spann mich nicht auf die Folter. Erzähl bitte!«

»Das ist die Krux an der Sache. Für die Wahrheit musste ich absolutes Stillschweigen versprechen. Und daran halte ich mich.« Franklin hob die Schultern. »Leider bin ich wirklich ein Ehrenmann.«

Molly schluckte. Es gab also tatsächlich ein Geheimnis im Leben des Reverends – ein explosives noch dazu –, und Franklin hatte es aufgedeckt. Wenngleich die Neugierde in ihr brannte, beherrschte sie sich. Sosehr sie die Tatsachen erfahren wollte, achtete sie Franklins Integrität. Ohnehin würde er nichts preisgeben, egal wie intensiv sie bohrte. Eine Frage konnte sie sich allerdings nicht verkneifen. Sie bezog sich nicht allein auf den Reverend. »Inwiefern bist du mit Gabriel Bouchard verbunden?«

»Nicht einmal das ist mir möglich, dir zu erläutern, weil es direkt mit Gabriels Vorgeschichte verknüpft ist.«

»Gabriel? Du nennst ihn beim Vornamen?«

»Endlich etwas, das ich geradeheraus beantworten darf: ja – und er mich ebenfalls.«

Kapitel 23

Nora drückte Jims Hand. Eine Reihe von Gefühlen durchflutete sie, und sie spürte, wie ihre Augenwinkel feucht wurden. Sie drehte sich Jim zu und betrachtete seine Miene. Ihm schien es ähnlich zu ergehen.

»Wir haben sie vor einer Woche in einem verlassenen Stall gefunden«, erklärte die Tierpflegerin. »Ein Spaziergänger hörte Geräusche und hat nachgeschaut. Zum Glück war er so umsichtig, uns sofort zu verständigen. Ohne den Unterschlupf hätten die Kleinen die Kälte nicht überlebt.«

»Sie sind so winzig«, flüsterte Nora. »Darf ich sie streicheln?«

Die Pflegerin schüttelte den Kopf. »Leider nein. Sie befinden sich noch in Quarantäne. Deshalb gehen wir nicht näher heran.«

»Wie alt sind sie?«, erkundigte sich Jim.

»Der Tierarzt schätzt sie auf drei bis vier Wochen. Sowohl die Mutter als auch die Welpen sind gesund. Die Hündin ist nur geschwächt von der Geburt und Aufzucht. Sie ist bereits sieben oder acht Jahre alt.«

»Was geschieht mit ihr in der Folge?«

»Die Welpen zu vermitteln, ist kein Problem. Wir haben einige Interessenten. Bei der Mutter sehen wir jedoch kaum Chancen auf einen Platz. Vermutlich wird sie ihr restliches Leben hier verbringen müssen.«

Jim stieß einen Seufzer aus. »Wie traurig. Erst fristet sie ihr Dasein als Streunerin, dann wird sie gefunden, und keiner möchte sie haben.«

»Als Tierheimmitarbeiter sind wir an derartige Schicksale gewöhnt. Einen Besitzer für ältere Tiere aufzustöbern, ist nahezu unmöglich. Sie sagten, Sie haben zwei Hunde?«

Nora nickte. »Einen Border Collie und einen Yorkshire Terrier, Rüde und Hündin. Beide sind nicht mehr die Jüngsten.«

»Ein Jungtier wird Ihr kleines Rudel jedenfalls kräftig aufmischen. Sind Ihre Hunde gut sozialisiert, haben sie das allerdings im Griff. Sie zeigen dem Welpen, wie er sich zu benehmen hat«, antwortete die Pflegerin. »Noch können Sie wählen. Es sind erst zwei der sieben Babys fest vergeben. Die beiden dunklen kommen jeweils in Familien mit Haus und Garten. Wir freuen uns jedes Mal, wenn wir gute Plätze finden. Ich lasse Sie jetzt ein paar Minuten allein. Sehen Sie sich die Tiere in Ruhe an. Es ist eine große Entscheidung, die nicht unüberlegt getroffen werden darf.«

Nora wartete, bis sich die Frau entfernt hatte, dann platzte sie heraus: »Mir gefällt das hellbeige Welpenmädchen am besten. Es hat dieselbe Farbe wie ihre Mutter. Die will ich im Übrigen auch unbedingt mitnehmen.«

»Wen? Die Mutter?«

»Nun starr mich nicht so entgeistert an. Spürst du es nicht genauso? Wir haben uns für einen Welpen aus dem Tierheim entschieden. Daran sollten wir nicht rütteln. Aber vor uns sitzt eine alternde Hündin, die dringend ein liebevolles Zuhause braucht. Ich könnte sie nicht in diesem Zwinger lassen. Das ist Schicksal.«

Jims Blick schwenkte zu der Hundefamilie. »Ist dir klar, was wir uns damit aufhalsen würden?« Seine Lippen verzogen sich zu einem schiefen Lächeln. »Zwei Namen zu finden, wird nicht einfach. Obendrein gebe ich zu bedenken, dass die Damen eine starke Front im Haus bilden werden. Das Verhältnis ist vier zu zwei. Cicero und ich müssen uns wappnen.«

Abrupt schlang Nora die Arme um Jim. »Herrgott, ich liebe dich!«

»Für diese drei Worte packe ich die ganze Rasselbande ein. Komm, lass uns nach der Pflegerin suchen.«

Hand in Hand schritten sie den Gang entlang. Nun war es Jim, der Noras Finger fest umschlungen hielt und zudrückte. Sie registrierte es mit einem leisen Schmunzeln. Später – eventuell sogar Wochen oder Monate danach – würde sie ihm alles erzählen: was sie geplant hatte, wie sie vorgegangen war, warum sie auf diese Weise gehandelt hatte. Jetzt genoss sie erst einmal die Harmonie, die endlich wieder eingekehrt war.

Kapitel 24

Franklin betrat die Kirche und sah sich um. Nichts regte sich. *Wahrscheinlich wäre es besser gewesen, einen Termin zu vereinbaren,* dachte er. Schließlich wusste er nichts über die Gepflogenheiten und täglichen Angelegenheiten eines Priesters. Vielleicht war der Reverend unterwegs, nahm jemandem die Beichte ab oder tat sonst etwas, das in sein Profil passte.

Nach wie vor überlegte Franklin, warum ausgerechnet er vorgeschlagen hatte, mit Gabriel Bouchard wegen der Weihnachtsfeier zu sprechen. Der Kirchenplatz war der ideale Standort für die Feier, das stand außer Frage, dennoch hätten Jim, Levi oder auch Nat die Aufgabe übernehmen können.

Monatelang hatte er in der Vergangenheit des Reverends gegraben, bis sich das Projekt mit einem Schlag in Luft aufgelöst hatte. An dessen Stelle war etwas getreten, das Franklin für sich kurz und treffend als Erkenntnis bezeichnete: Der Reverend hatte ihm als Platzhalter für die Institution Kirche gedient. Es war der alte Fall gewesen, der ihn dazu verleitet hatte, all die tiefsitzende Wut auf eine einzige Person zu konzentrieren.

Mit dieser Einsicht war *die Erkenntnis* jedoch noch lange nicht vollständig. Er hatte sich geöffnet und seine eigene, bejahrte Geschichte erzählt. Im Gegenzug war ihm eine andere – interessante wie berührende – Geschichte offenbart worden. Als Resultat verspürte er nicht nur einen Anflug von schlechtem Gewissen, sondern vor allem eine undefinierbare Verbundenheit mit dem Reverend. Das Bedürfnis, den Kontakt aufrechtzuerhalten, war stark und nicht mit Logik erklärbar.

Franklin drehte sich um und ging langsam auf die Tür zu. Er würde versuchen, Gabriel telefonisch zu erreichen.

»Franklin?« Der Reverend kam aus dem Seitengang auf ihn zu. In der Hand hielt er mehrere langstielige weiße Kerzen.

»Hallo.« Franklin zeigte auf die Kerzen. »Störe ich dich?«

»Nein. Du bist jederzeit herzlich willkommen. Die verteile ich später.« Gabriel legte die Kerzen auf einer Bank ab. »Ich würde mir gern die Füße an der frischen Luft vertreten. Hast du Lust? Den bisherigen Tag habe ich in der düsteren Kirche verbracht.«

»Es ist eiskalt, und der Wind beißt. Aber wenn du willst, natürlich. Nimmst du keine Jacke?«

»Mir können Hitze und Kälte nichts anhaben. Ich bin von jeher immun dagegen.«

»Eine förderliche Eigenschaft für Einsätze in bestimmten Gegenden, nicht wahr?« Franklin schaffte es nicht, sich den Kommentar zu verkneifen.

Gabriel lachte. »Selbst tausend diesbezügliche Bemerkungen von dir werden nichts an meinem Schweigen ändern.« Er öffnete die Tür und trat ins Freie. »Zugegeben, ein lauer Frühlingstag ist mir auch lieber. Vor allem müsste ich mich dann nicht ständig darum kümmern, dass der Kirchenplatz ordentlich geräumt wird. Sieh dir das an! Sie haben einen einzigen schaufelbreiten Weg freigemacht.«

»Wegen des Kirchenplatzes bin ich im Übrigen hier. Ich habe ein Anliegen an dich.«

Gabriel reckte das Kinn. »Ach ja, und welches?«

»Wir – Jim Ryder, Levi Strauss und meine Wenigkeit – planen gemeinsam mit einigen anderen am 24. Dezember eine Weihnachtsfeier. Alle aus Maple Creek und Umgebung sind eingeladen – das erfolgt ganz unkompliziert über Mundpropaganda. Die Vorbereitungen laufen, jeder trägt einen Teil dazu bei. Das Einzige, was uns fehlt, ist der geeignete Ort.«

»Eine fabelhafte Idee, und der Kirchenplatz ist unzweifelhaft wie geschaffen dafür. Ich bin selbstverständlich dabei und helfe mit. Was habt ihr bis jetzt?«

»Aus dem Bestand des Maple Lake Inn gibt es unzählige Lichterketten. Tom Underwood kreiert einen speziellen Weihnachtspunsch. Bratkartoffeln und Weihnachtskekse soll es für das leibliche Wohl geben – alles zum Selbstkostenpreis. Nat sorgt mit seinen Leuten von der Zimmerei für den Aufbau. Stehtische stammen ebenfalls aus dem Fundus des Maple Lake Inn. Vielleicht ein paar Feuerschalen oder überhaupt ein offenes Feuer, Weihnachtsmusik. Vorrangig geht es uns um die Atmosphäre und das Beisammensein.«

Gabriel nickte bedächtig. »Du weißt sicher, dass ich am 24. Dezember eine Messe lese. Ich fände es sehr schön, die Predigt in die Feier zu integrieren. Meinst du, das wäre machbar?«

»Dann müssen alle Punkt acht oder elf – wann ist die Messe? – in die Kirche rein?« Franklin runzelte die Stirn.

»Nein, nicht die Menschen in die Kirche, sondern ich zu den Menschen ins Freie. Ich verspreche, angemessene Worte zu verwenden, die für jeden passen – gläubig oder nicht. Die Kirche verfügt über eine ausgezeichnete Tonanlage. Mit etwas Hilfe ließe sich die bestimmt ins Freie bringen. Damit ist für die Musik gleich mitgesorgt.«

»Meinst du, die Technik würde der Kälte standhalten?«

»Das kläre ich ab. In der Kirchengemeinde befindet sich ein Fachmann – den frage ich. Einen DJ hätte ich zudem in der Hinterhand.«

»Zur Feuerwehr hast du nicht zufällig auch einen guten Kontakt?«, erkundigte sich Franklin.

»Du meinst, wegen des offenen Feuers? Sofort nach unserem Gespräch telefoniere ich mit dem Kommandanten. Wir werden eine Genehmigung und Aufsicht benötigen.« Gabriel faltete die Hände. »Es liegt mir fern, in eure Organisation einzugreifen. Dennoch würde ich gern etwas vorschlagen.« Er wartete Franklins Nicken ab, bevor er weiterredete. »Gerade Weihnachten ist die Zeit des Gebens. Was würdest du davon halten, wenn wir die Speisen und Getränke gegen eine freiwillige Spende verkaufen? Erfahrungsgemäß geben die Menschen stets mehr. Mit dem Erlös tun wir etwas Gutes – für die Kinder im Ort, bedürftige Menschen. Es gibt viele Möglichkeiten.«

»Die Idee gefällt mir. Morgen um zehn Uhr vormittags treffen sich Levi, Jim und ich im Maple Lake Inn. Gesell dich zu uns. Dann besprechen wir sämtliche Details – offensichtlich gibt es einige.« Franklin musterte Gabriel von der Seite. »Ich gebe zu, dass du mich innerhalb unseres kurzen gemeinsamen Abschnitts bereits zum zweiten Mal erstaunst.«

Der Reverend grinste. »Gleichfalls, mein neuer Freund. Manchmal sind die Wege des Herrn wahrhaft unergründlich, nicht wahr?«

»Für mein Seelenheil würde ich es lieber Schicksal oder Zufall, von mir aus Glückssache nennen«, entgegnete Franklin.

»Bezeichne es, wie du willst, wir beide kennen die Wahrheit.« Die Doppeldeutigkeit seiner Aussage war unmissverständlich.

Kapitel 25

Molly betrat das Haus und küsste Laurie zur Begrüßung auf die Wange. Ursprünglich hatten sie vorgehabt, einen ausgedehnten Spaziergang mit Zwischenstopp im Hotel zu machen, doch im letzten Augenblick war Laurie umgeschwenkt. Sie habe keine Lust, den Kinderwagen durch den Schnee zu schieben, außerdem sei es zu windig und kalt. Wenngleich das Wetter selbst für Mollys Empfinden recht angenehm war – hin und wieder zeigte sich sogar die Sonne –, hatte sie Laurie auf der Stelle zugestimmt. Vermutlich war ihre Freundin einfach etwas erschöpft.

Geradewegs gingen sie weiter ins Wohnzimmer. Benji lag auf einer dick gepolsterten Spieldecke und versuchte mit seinen winzigen Händchen die kleinen Stofftiere zu erwischen, die über ihm auf einem Gestell hingen. Dabei gab er fröhlich glucksende Töne von sich.

»Was ist denn das?«, fragte Molly.

»Ach, ich weiß nicht, wie man das Ding nennt. Tom hat

es mitgebracht, und Benji liebt es.« Laurie schmunzelte. »Als ich mit Benji schwanger war, hat Tom hinter meinem Rücken wegen meiner Einkäufe herumgenörgelt – zu viel, zu schnell, wozu das Ganze? Nun ist er es, der ständig irgendein Spielzeug anschleppt.«

Eine Weile lang beobachtete Molly den Kleinen. »Ich kann mich nicht sattsehen. Er ist so unglaublich süß. Wann wird er zu laufen beginnen?«

»Das dauert noch. Mit dem Krabbeln wird er jedoch bald loslegen. Er ist dabei, Rollen und Drehen zu entdecken. Man merkt richtig seine Unruhe – er will sich bewegen.« Laurie ließ sich auf die Couch fallen und lehnte sich zurück.

Obwohl sie lächelte, erkannte Molly den sorgenvollen Zug um ihre Lippen. »Ist alles in Ordnung?«

»Medizinisch ja, emotional befinde ich mich auf einer Berg- und Talfahrt. Du ahnst nicht, wie sehr ich mich darauf freue, wenn Fred einsatzbereit ist. Nie hätte ich mir vorgestellt, dass meine Arbeit zur Bürde wird. Auch das stimmt mich nachdenklich. Manches Mal wünsche ich mir, es wäre alles wie früher – ganz früher, meine ich.« Leise fügte sie hinzu: »Können wir über etwas anderes reden? Ich habe mir fest vorgenommen, diese Phase allein und ohne äußere Einflüsse zu bewältigen. Zu viel Beachtung und Tamtam drum herum rückt sie in den Mittelpunkt, dabei soll sie sich verflüchtigen.«

»Wahrscheinlich hätte ich sowieso keinen passenden Rat parat. Im Moment bin ich etwas zerfahren.«

»Inwiefern?« Laurie richtete sich auf. »Um ehrlich zu sein, wäre ich ganz froh, die Ängste und Zweifel anderer zu hören. Dann werden die eigenen kleiner.«

Molly lachte auf. »Kriegst du prompt frei Haus geliefert – im wahrsten Sinne des Wortes. Neues gibt es aber nicht. Wieder einmal verstricke ich mich in Fragen und Grübeleien über die Zukunft. Mein Leben verläuft rund, dennoch schlagen Zweifel Dellen in den hübschen Kreis, und meine Gedanken winden sich wie eine Spirale um die neue Position bei der *Maple Creek News Time*.«

»Halt!« Laurie hob die Hand. »Vor lauter Zweifeln und Grübeleien, Spiralen und Kreisen ist mir das Problem dahinter entgangen.«

»Das liegt daran, dass ich selbst nicht genau weiß, wo sich der Knackpunkt versteckt hält«, erwiderte Molly. Ihr Blick wanderte zu Benjamin. »Nat und ich haben beschlossen, hauptsächlich aus beruflichen Gründen mit der Familienplanung zu warten. Das ist vernünftig und folgerichtig. Allerdings flüstert mir eine sanfte Stimme vehement zu, den geeigneten Zeitraum nicht verpassen zu dürfen. Ihr habt Benji und bald ein zweites Kind, Lilly und Pam die Mädchen. Selbst Dorothy und Jack schmieden Pläne, dabei stecken sie noch mitten in der Fernbeziehung.«

»Ihr arbeitet, seid erfolgreich, lebt fröhlich dahin, die Jahre vergehen, und irgendwann einmal bemerkt ihr, dass es zu spät ist. Meinst du das?«, fasste Laurie zusammen.

Molly nickte. »Ich möchte nicht so enden wie Nora.«

»Du kannst dich nicht mit Nora vergleichen. Sie hat ihren Weg bewusst gewählt, und grundsätzlich scheint sie darüber glücklich zu sein.«

»O ja, das ist sie – seit ich sie kenne.« Molly ließ die Schultern fallen. »Selbst Nora und Jim bekommen in einigen Wochen Familienzuwachs.«

Laurie schenkte Molly ein warmes Lächeln. »Ich verstehe dich. Es sind schließlich ziemlich gegensätzliche Gefühle, die du zu verarbeiten hast: Freude über die Beförderung, die Furcht, deshalb im privaten Bereich etwas zu versäumen, deine Sehnsucht nach einer Familie, die gemeinsame Entscheidung, damit wegen des Jobs zu warten. So unbegründet ist deine Sorge nicht. Es wird immer irgendeinen vermeintlich guten Grund geben, warum ein Kind nicht hineinpasst. Deine Uhr tickt zwar nicht, die Zeit läuft trotzdem.« Versonnen strich sich Laurie über den Bauch. »Bevor wir nun beide ohne ersichtlichen Anlass zu heulen anfangen, erzähl mir von der Arbeit. Die bringt uns zurück auf festen Boden.«

»Ja, gern. Danke.« Molly wischte sich über die Augen. Tatsächlich hätte sie beinahe zu weinen begonnen. »Ich habe mich entschlossen, eine Assistentin oder einen Assistenten anzustellen. Dazu schalten wir eine Annonce. Deutlich lieber wäre mir, wie es beispielsweise bei Lilly und Timothy vonstattengegangen ist. Aber das war Zufall, und der lässt sich leider nicht einfach herbeizaubern.«

Laurie wiegte den Kopf. »Zauberkünste und großartige Zufälle sind vielleicht gar nicht vonnöten. Was ist mit Monique? Ihre Marketing-Ausbildung ist natürlich noch nicht abgeschlossen, doch die Abendschule stört den Tagesablauf nur geringfügig. Sie ist verantwortungsvoll, wissbegierig und sorgfältig. Ihre Umgangsformen sind einwandfrei, und sie ist ein angenehmer, lieber Mensch.«

»Monique arbeitet fest im Hotel. Das Maple Lake Inn gehört mir, aber Pamela ist die Direktorin. Nie habe ich in das Geschehen eingegriffen. Weil es mir jetzt gerade in den Kram passt, kehre ich plötzlich die Besitzerin hervor und nehme Pam – Nats Schwester und somit meiner Schwägerin – eine Kellnerin weg? Das könnte ich nicht mit meinem Gewissen vereinbaren.«

»Ach, Quatsch. Du denkst schon wieder zu viel nach. Monique ist die schlechteste Kellnerin, die mir je untergekommen ist. Sie fühlt sich in diesem Job nicht wohl, und das merkt man. Rede mit Pamela. Ich bin überzeugt, Miles findet in seinem Freundeskreis mit einem einzigen Fingerschnippen jemanden, der besser geeignet ist.«

»Monique wäre für die Position der Assistentin vermutlich wirklich optimal.« Molly senkte die Stimme, als würde sie Gefahr laufen, beim Enthüllen eines Geheimnisses belauscht zu werden. »Eventuell wäre Pam sogar froh über einen von außen herbeigeführten Personalwechsel. Zufrieden ist sie mit Monique nämlich nicht.«

»Wie denn auch? Monique gehört nicht in den Gästeservice. Und wahrscheinlich hat Pam sie nur aus Barmherzigkeit noch nicht gefeuert – und wegen der Situation. Jeder Mensch kann manche Dinge besonders gut und andere überhaupt nicht. Es geht darum, ihn entsprechend seiner Eignung einzusetzen. Du hast Timothy erwähnt. Für Nat auf Baustellen zu arbeiten, hat sich als Fiasko entpuppt. Bei Lilly in der Werbeagentur liefert er ausgezeichnete Arbeit ab.«

»Stimmt.« Unweigerlich glitten Mollys Gedanken zu dem Unfall, den Timothy bei der Renovierung des Maple Lake Inn verursacht hatte. Zwischen damals und heute schien eine Ewigkeit zu liegen.

Sie war eine Fremde aus New York gewesen – traurig über den Tod ihrer Tante, verunsichert und überfordert, einsam. Nat hatte sie mit Missachtung gestraft und keine Gelegenheit verstreichen lassen, ihr seine Geringschätzung zu zeigen. Um ein Haar hätte sie das Hotel an eine große Hotelkette verpachtet oder gar verkauft und wäre nach New York zurückgekehrt.

Und nun?

New York lag hinter ihr, das Hotel wurde von Pamela geführt, Maple Creek war ihr Zuhause, und sie trug Nats Ring. Warum grübelte sie über die Zukunft? Das Schicksal sorgte dafür, den richtigen Moment zu finden – auch für eine Familie.

Kapitel 26

Nat betrat die Tavern und steuerte auf die Bar zu. Toms und Miles' breitem Grinsen nach zu urteilen, amüsierten sie sich blendend. Vor ihnen auf dem Tresen standen zwei Töpfe auf einer mobilen Kochplatte.

»Habt ihr es nicht geschafft, mit der Verkostung auf mich zu warten, oder was?«, begrüßte Nat die beiden.

»Alles noch im Normbereich. Wir würden nie ohne dich loslegen. Schließlich bist du unser Versuchskaninchen.« Tom wies auf die Töpfe. »Ich bin gespannt, was du zu unserer Kreation sagst. Die Kindervariante können wir außen vor lassen, sie passt.«

Miles griff nach der Kelle, doch Tom hob die Hand.

»Stopp! So sang- und klanglos kommt Nat nicht davon. Er soll hören, wie viel Mühe wir uns gegeben haben. Es ist einfach, zwanzig Personen mit dem perfekten Punsch zu versorgen. Jede Tasse enthält eine frische Orangenscheibe, drei Gewürznelken und eine Zimtstange, einen Schuss Ahornsirup, und zuletzt lässt man die gewünschte Menge Ahornzucker schmelzen. Für hundert oder mehr Menschen muss das Getränk fix und fertig bereitstehen. Da ist es vorbei mit ›hier ein zweites Orangenscheibchen und dort den Hauch mehr Süße‹. Dennoch darf die Qualität nicht leiden. Du verstehst, worauf ich hinauswill?«

»Ganz und gar. Ich weiß eure Anstrengungen zu schätzen und würdige sie, aber jetzt lasst mich endlich kosten«, entgegnete Nat ungerührt.

Tom nickte, befüllte ein kleines Probierglas und reichte es Nat. »Du kennst unseren ersten Versuch. Der war auf die kleine Gruppe ausgerichtet. Mich interessiert vor allem der Unterschied zwischen den beiden Punschvarianten.«

Nat nippte. »Vielleicht schmeckt der jetzige Punsch fruchtiger, mehr nach Orange. Nein, warte …« Er trank einen zweiten Schluck. »Da ist was Neues drinnen. Eine andere Zitrusfrucht? Und noch irgendetwas habt ihr dazugetan. Der Nachgeschmack ist warm, voll. Klingt das dämlich? Ich habe keine Ahnung, wie man dieses Aroma richtig beschreibt. Ehrlich? Der Punsch ist besser als euer erster – viel besser sogar. Sensationell.«

Tom lächelte sichtlich zufrieden und erläuterte: »Die Basis ist gleich geblieben: ein kräftiger Landrotwein, brauner Rum, starker Earl-Grey-Tee, die üblichen Gewürze, Orangen, Ahornsirup und Ahornzucker. Eingemengt sind Limetten sowie Kumquats, und verfeinert haben wir das Ganze mit geschmolzener Schokolade, Kakaoanteil achtzig Prozent, und einem Hauch Kirschlikör. Diese Kombination macht den feinen, nicht zuordenbaren Geschmack aus, den du als warm und voll bezeichnet hast. Keine üble Beschreibung – sie trifft es auf den Punkt.«

»Ihr seid ein Dream-Team.« Nat trank das Glas leer und stellte es auf den Tresen. »Bekomme ich mehr? Bitte in einem Gefäß für Erwachsene, wenn das möglich wäre.«

»Dein Wunsch ist mir Befehl«, antwortete Miles und griff zeitgleich nach der Kelle und einer großen Henkeltasse.

»Habt ihr schon einen Namen?«, erkundigte sich Nat. »Keine Schöpfung verlässt die Bar ohne – das ist Tradition.«

»Noch nicht. Es gibt nur ein paar Ansätze. Hilf uns weiter.« Tom hob einen Zettel hoch und las vor: »Maple Punch, Maple Christmas Punch, TM's Maple Punch – das TM steht für ›Tom and Miles‹ –, Maple Dream Punch. Bitte keinen abfälligen Kommentar. Wir sind uns bewusst, dass es sich um dürftige Vorschläge handelt. Irgendwie fehlt uns die zündende Idee.«

Nat strich sich über den Nacken. »TM ist unnötig. Jeder weiß, wer das Getränk erfunden hat. Maple Punch oder Maple Christmas Punch sind stinklangweilige Bezeichnungen. Moment … Irgendwas mit dem Wort ›Magic‹ wäre cool. Maplemagic Christmas Punch? Nein, zu lang. Maple Magic Punch? Gefällt mir auch nicht. Wie wäre es schlicht und ergreifend mit *Maplemagic?*«

Miles klatschte in die Hände. »Genial! *Maplemagic* nehmen wir.«

Kapitel 27

Pamela schreckte auf und lauschte. Ein Geräusch musste sie geweckt haben, es herrschte jedoch Stille. Das kleine Nachtlicht spendete genug Helligkeit, um zu erkennen, dass Lilly und Amira fest schliefen. Ihr Blick wanderte zu Samara, die unter der Decke vergraben in ihrem Bett lag. Pamela streckte die Hand aus und legte sie auf die Schulter des Mädchens. Erst fühlte sie nichts, dann aber spürte sie ein Zittern. Vorsichtig tastend ließ sie die Hand zu Samaras Hals gleiten, um die Temperatur zu überprüfen. Fieber hatte sie nicht, also weinte sie still vor sich hin.

Pamela setzte sich auf und beugte sich vor. »Was ist mit dir, mein Schatz?«

Samara reagierte prompt. »Ich werde Dorothy wie versprochen wiedersehen. Das ist doch so? Sie ist nicht krank oder verletzt und einfach fort.«

»Dorothy ist kerngesund und putzmunter. Du erhältst jeden Tag Fotos von ihr, und sie schreibt dir. Sie freut sich schon sehr auf dich und auf die gemeinsame Zeit mit uns allen.«

»Bin ich lästig, weil ich immer dieselben Fragen stelle? Manchmal glaube ich halt nur, dass Dorothy verschwunden ist«, murmelte Samara. »Ich bin nicht dumm und habe verstanden, warum ich so was Komisches denke. Das ist nicht schön, ich fürchte mich nämlich. Und wenn ich mich fürchte, kommen die – wie nennt Scouty sie? – Panitakatten. Die machen mir noch mehr Angst. Sicher muss ich deshalb bald von dir und Lilly fort. Die … Panitakatten werden tun, dass ihr mich nicht liebhabt.«

Pamela war froh über das diffuse Licht. Samara sollte nicht sehen, wie eine Träne über ihre Wange lief. »Du, Amira, Lilly und ich sind eine Familie. Das bedeutet, wir halten zusammen – jeden Tag, vierundzwanzig Stunden lang, ohne Unterbrechung. Es gilt für schwierige wie für fröhliche Zeiten. Ich finde es toll, dass du das Gefühl der Angst wegschicken möchtest. Tu es aber nicht, um uns zu gefallen, sondern wegen dir. Wir lieben dich so und so, daran lässt sich nichts ändern. Oh, übrigens: Sie heißen Panikattacken.« Pamela hoffte, der unbeschwerte Ton klang nicht gestelzt. Eine sorgenvolle Stimme half Samara nicht, sich zu beruhigen, erkennbares Vorspielen von Heiterkeit bestimmt genauso wenig.

»Ihr habt mich lieb, obwohl ich so oft weine und traurig bin?«, fragte Samara.

»Natürlich. Das meinte ich gerade. Ich erkläre es dir anhand eines Beispiels. Erinnerst du dich an vergangene Woche, als Lilly schlecht gelaunt aus dem Büro nach Hause gekommen ist?«

»Ja! Sie war verärgert, weil ein Kunde blöd gewesen ist.«

Pamela lachte leise auf. »Das sollte man zwar nicht sagen, doch du hast recht: Der Kunde war wirklich blöd. Wie haben wir drei reagiert?«

»Du hast Lilly einen Kaffee gebracht und dich zu ihr gesetzt. Amira ist ins Wohnzimmer gelaufen, um für Lilly ein Bild zu malen, damit sie wieder fröhlich ist. Es waren wir vier vor dem See mit vielen Bäumen, und die Sonne hat geschienen. Die Bäume waren echt schön, und uns hat Amira spaßig gezeichnet.«

»Und was hast du getan, Samara?«

»Ich habe sie ganz fest gedrückt und ihr versprochen, dass sie sich aussuchen darf, welches Spiel wir nach dem Abendessen spielen werden.«

»Wir waren selbstverständlich für Lilly da, weil sie uns gebraucht hat. Genauso ist es, wenn du uns brauchst oder ich euch brauche.« Abrupt stand Pamela auf, schlug Samaras Decke zurück und ergriff ihre Hand. »Weißt du, was wir beide nun machen? Wir schleichen in die Küche, und ich bereite uns eine heiße Milch mit Honig zu.«

Samara nickte eifrig. »O ja, fein! Aber ist das denn okay? Es ist mitten in der Nacht, und eigentlich müsste ich schlafen.«

»Das stimmt, es gibt jedoch seltene Ausnahmen. Ich finde, genau jetzt ist so eine.« Pamela lächelte. Wenngleich es sie vor Mitgefühl förmlich zerriss, verspürte sie zugleich eine unbändige Freude in sich. Dieser Moment barg einen großen Schritt. Samara hatte sich geöffnet und sowohl ihre Sorgen als auch ihre Ängste frei ausgesprochen. Doctor Scout war diesbezüglich deutlich gewesen: Erst wenn Samara es schaffte, ihre tiefsitzende Furcht zu formulieren, würde der Verarbeitungsprozess einsetzen. Es erforderte Selbsterkenntnis und volles Vertrauen zu den Bezugspersonen.

Pamela wollte nicht daran denken, dass Samara angenommen hatte, sie könnten sie wegen ihrer Probleme fortschicken. Wie musste sie allein unter diesem Druck gelitten haben! Eins führte zum anderen und unterdrückte jede unverfälschte Handlung. Aber gemeinsam würden sie es schaffen. Wieder flammte das Wort »Vertrauen« in Pamelas Kopf auf und ihr Herz tat einen Riesensprung.

Am liebsten würde sie Lilly und Amira wecken, um diesen wunderbaren Fortschritt zu feiern.

Kapitel 28

Molly hatte sich den Nachmittag freigenommen, um bei den Vorbereitungen für die Weihnachtsfeier vor der Kirche zu helfen. Sie wollte es sich nicht nehmen lassen, zumindest in der Endphase teilzuhaben und endlich das Flair in sich aufzunehmen.

Die vergangenen Wochen und Tage waren so vollgepackt mit Ereignissen und Aufgaben gewesen, dass das Fest in ihren Gedanken weitgehend ins Hintertreffen geraten war. Dabei war es im Grunde aus ihrem Wunsch heraus entstanden.

Wehmut übermannte Molly, als sie auf den Kirchenplatz einbog und den Wagen parkte. Das war doch keine richtige Vorweihnachtszeit! Sie hatte Kekse backen und sich ausschweifend mit Nats Geschenk beschäftigen wollen, das Haus überschwänglich dekorieren und sich in der Fantasie auf eine Reise mitten hinein in die glitzernde Zauberwelt begeben. Aber selbst jetzt fehlten das Ziehen in der Magengegend und die aufgeregte Anspannung. Niemand trug Schuld daran. Sie hatte sich selbst um die Vorfreude gebracht.

Mit einem Seufzer stieg Molly aus und wandte sich der Kirche zu. Vor dem Eingang standen der Reverend, Nat und Franklin. Was machte Franklin hier? Er hatte versprochen, den Nachmittag in der Redaktion zu verbringen.

»Das ist nur eine Stippvisite. Ich bin gleich wieder weg und sitze die restliche Zeit im Büro ab. Ehrenwort!«, begrüßte er sie als Erster mit einem Augenzwinkern.

»Bis Ende des Jahres bist du der Chef.« Molly reichte dem Reverend die Hand und wandte sich an Nat. »Was ist zu tun?«

»Vorerst leider nichts.« Er wies auf den nahezu gänzlich tiefverschneiten Platz.

Gabriel übernahm die Erklärung. »Der Schneeräumungstrupp sollte längst hier sein, aber er verspätet sich. Nat, zwei seiner Männer und ich schippen mit. Es gibt genügend Stellen, wo die mit ihren Schneefräsen nicht hinkommen. Wir hätten angefangen, gäbe es Schneeschaufeln. Ich schlage drei Kreuzzeichen, wenn wir mit Einbruch der Dunkelheit fertig sind.«

Nat nickte. »Meine Leute können weder die Öfen für die Kartoffeln noch die Punschkocher und die Stehtische aufstellen. Zum Glück haben wir einen zweitägigen Sicherheitspolster eingerechnet. Ohne den würden wir uns mächtig in der Bredouille befinden.«

»Sind die Lichterketten getestet und aus dem Hotel abgeholt?«, erkundigte sich Molly.

»Nein. Wir haben kurzfristig umdisponiert. Levi und Jim übernehmen das und prüfen die Ketten in der Kirche. Der lange Mittelgang ist perfekt dafür. Danach geht's ans Aufhängen. Im Gegensatz zu Gabriel habe ich die Hoffnung nicht aufgegeben, dass es nach der Schneeräumung noch hell genug sein wird.«

Molly kannte Nats Ungeduld, wenn es anstehende Aufgaben zu erledigen galt, er jedoch zur Untätigkeit verdammt war. »Ich fahre zum Hotel und hole die Lichterketten. So könnt ihr indessen beginnen, sie zu entwirren und aufzulegen«, schlug sie vor.

»Eine gute Idee. Nimm den Pick-up, sonst musst du zweimal fahren.« Nat zog die Wagenschlüssel aus der Jackentasche und reichte sie ihr. »Lass dir ruhig Zeit und erledige am besten gleich … alles. Ich halte die Warterei schon aus. Außerdem sind die Schneeräumer bestimmt bald da, und ich bin beschäftigt.«

Molly wusste, worauf Nat anspielte: Sie sollte die Gelegenheit nutzen und endlich mit Pamela über Monique reden. Nat war ein Mann der Tat, und ginge es um seine Belange, hätte er längst diesen ersten notwendigen Schritt eingeleitet. Die Reihenfolge war klar definiert. Ohne Pamelas Zustimmung würde sie Monique nicht mehr in Betracht ziehen und die Angelegenheit ruhen lassen.

Molly schenkte Nat einen Blick, den nur er deuten konnte. »Dann mache ich mich mal auf den Weg zum Maple Lake Inn.«

»Und ich fahre zurück in die Redaktion. Sonst heimse ich am Ende einen Anschiss von der zukünftigen Chefin ein.« Franklin drehte sich dem Reverend zu. »Entschuldige, Gabriel. In deiner Gegenwart ist Fluchen verboten.«

Der lachte auf. »Ich versichere dir, dass *Anschiss* nicht zur Gattung der Flüche zählt.«

»Gottes Blitze werden mich also nicht zu Boden schmettern?«, entgegnete Franklin mit einem breiten Grinsen.

Gabriel verdrehte die Augen. »Du scheinst Gott mit dem guten alten Zeus auf dem Olymp zu verwechseln. Gehe in Frieden, mein Sohn – und fluche, was das Zeug hält.«

Kapitel 29

Molly hatte für die Strecke zum Maple Lake Inn doppelt so lange gebraucht wie üblich. An das Fahren bei Glätte würde sie sich wohl nie gewöhnen. Hinzu war gekommen, dass sie mit Nats Pick-up nicht vertraut war. Wenigstens hatte sie die Zeit genutzt, um alle Faktoren rund um Monique noch einmal Revue passieren zu lassen.

Abgesehen von Pamelas Zustimmung und in der Folge Moniques positiver Antwort war sie wieder an diesem einen Punkt hängen geblieben: Wie würde sie handeln, falls die Zusammenarbeit nicht funktionierte? Jemanden aus dem Bekanntenkreis zu entlassen, war ein kompliziertes und unangenehmes Unterfangen. Wenngleich sich Molly keinen erfahrenen Redaktionsmitarbeiter wünschte, sondern eine junge, motivierte Person, die sie anleitete und mit ihrer Arbeitsweise vertraut machte, mussten die Aufgaben letztlich angemessen erledigt werden. Dass dies wirklich in der unerlässlichen Weise geschehen würde, konnte niemand garantieren.

Vor zwei Tagen hatte sie sich mit Nora unterhalten, um deren Meinung einzuholen. Nora war ihre Chefin gewesen und hatte viele Jahre lang unzählige Mitarbeiter ausgebildet. Zudem sparte sie nicht mit unverblümten Worten und besaß jene Entschiedenheit, die Molly fehlte. Tatsächlich war Noras Standpunkt so klar und unmissverständlich wie schonungslos gewesen: »Dir einen echten Frischling an Bord zu holen, hat durchaus Vorzüge. Die Einarbeitungszeit dauert zwar länger und der Aufwand ist größer, später verfügst du jedoch über eine maßgeschneiderte Figur. Entspricht Monique nicht deinen Vorstellungen, ist die Konsequenz, sie zu kündigen – daran lässt sich nicht rütteln. Das Verfahren ist in jedem Fall gleich, ob es sich um eine Bekannte, eine Freundin oder eine dir zuvor fremde Person handelt. Es ist schwierig, aber Privates und Berufliches sind strikt voneinander zu trennen – eine Grundregel.«

Nie zuvor hatte Molly den Begriff *maßgeschneiderte Figur* gehört. So treffend er sein mochte und so genau er ihr Ziel beschrieb, fand sie ihn hartherzig. Vergessen würde sie ihn trotzdem nie wieder. Deutlich wies er sie darauf hin, dass sie ohne ein dickes Fell nicht würde bestehen können. *Ich muss meinen Wollmantel ablegen, einen Grizzly erlegen und mir aus seinem Fell ein Cape schneidern,* dachte Molly und schmunzelte über die eigens kreierte Metapher.

Noch mit dem Grinsen auf den Lippen zog sie die Tür des Hotels auf und betrat das Foyer.

Pamela, die hinter der Rezeption stand, musterte sie. »Ist alles okay mit dir? Du siehst aus, als hättest du Magenschmerzen gepaart mit einem Lachanfall.«

»Gar keine üble Zusammenfassung meines Zustands«, entgegnete Molly. »Ich bin mit Nats Pick-up hier und hole die Lichterketten. Und, Pam, hast du vielleicht ein paar Minuten Zeit für mich? Ich würde gern etwas Wichtiges mit dir besprechen.«

»Wusste ich doch gleich, dass etwas im Busch ist. Setzen wir uns in den Aufenthaltsraum und trinken einen Mapleccino. Miles ist vor dem Haus und befreit das Verandadach vom Schnee. Wenn er fertig ist, soll er die Kartons mit den Lichterketten auf die Ladefläche hieven.« Sie drehte sich in Richtung der geöffneten Bürotür. »Hast du mitgehört?«

»Monique: zwei Mapleccino, Miles: Kartons aus dem Keller ins Auto. Wird erledigt«, rief Mary.

»Super!« Pamela umrundete die Rezeption und gesellte sich zu Molly.

Während sie auf den Aufenthaltsraum zusteuerten, zog Molly ihren Parka aus. In New York hatte sie ihre schicken Wintermäntel für einen schnellen Kaffee oft anbehalten. Mit den dick gefütterten Jacken, ohne die man hier nicht auskam, fühlte man sich binnen Minuten wie in einem Saunakokon – Winterkleidung in Kanada war wahrlich für die richtige Kälte konzipiert.

Nachdem sie an einem Tisch am Fenster Platz genommen hatten, wartete Molly mit ihrem Anliegen, bis Monique die Mapleccino serviert hatte und gegangen war. »Als Chefredakteurin habe ich vor, die Aufgaben rund um mich etwas anders aufzuteilen, als Franklin es getan hat. Ich werde eine Assistentin einstellen.«

Pamela nickte. »Du hast es vor Kurzem am Rande erwähnt. Ich find's gut. Vor allem, weil du – anders als Franklin – keinen Nachfolger ausbilden willst. Hast du schon jemanden im Visier?«

»Laurie hat mich auf eine Idee gebracht. Ich würde die betreffende Person aber nur darauf ansprechen, wenn es für dich hundertprozentig in Ordnung wäre. Es geht nämlich um Monique.«

»Monique?« Pamela ließ sich in ihrem Stuhl zurückfallen. »O Gott sei Dank! Ja, bitte, frag sie. Ich wäre dir unendlich dankbar.« Sie richtete sich wieder auf und flüsterte: »Monique ist eine wunderbare junge Frau und sicherlich eine hervorragende Arbeitskraft, sofern ihr Job nichts mit dem Gastgewerbe zu tun hat. Mit ihren Eigenschaften kann ich sie mir ausgezeichnet an einem Schreibtisch als Assistentin vorstellen.« Pamela wurde noch leiser. »Du kennst meine Probleme mit ihr. Mindestens dreimal täglich muss ich das Bedürfnis unterdrücken, sie zu tadeln. Die einzigen Gründe, warum ich sie nicht hochkant rausschmeiße, sind die aktuelle Situation, Nächstenliebe und Miles. Keinesfalls möchte ich ihn vergrämen.«

»Die Idee darf aber kein Loch in deine Organisation reißen. Gute oder schlechte Bedienung, ohne Monique hättest du gar keine«, erwiderte Molly.

»Ach, papperlapapp. Miles bringt mir auf der Stelle drei neue Kellner. Er sieht es doch selbst. Nach wie vor bemüht er sich erfolglos, ihr etwas beizubringen.« Pamela winkte ab. »Für alle Beteiligten wäre der Wechsel von Vorteil, und am meisten würde er Monique einbringen. Das hier ist ein Aushilfsjob neben der Schule, der nichts mit ihrer Ausbildung zu tun hat. Bei dir hingegen hätte sie eine echte Chance auf eine beständige Position. Weißt du was? Ich hole Monique gleich her und sehe nach Miles. Später stoße ich zu euch und versichere ihr, dass ich damit einverstanden bin. Monique hat ein ausgeprägtes Verantwortungsgefühl. Sie könnte zögern, weil sie mich nicht im Stich lassen will.« Abrupt sprang Pamela auf und lief aus dem Raum.

Irritiert blickte Molly ihr nach. Zwar hatte sie damit gerechnet, dass Pamela nicht aus allen Wolken fallen würde, die überbordende Freude erstaunte sie dennoch. Weiter kam Molly mit ihren Gedanken nicht, weil Monique bereits vor ihr stand.

»Pamela sagte, du möchtest mich sprechen. Betrifft es die große Weihnachtsfeier? In der Schule ist heute der letzte Unterrichtsabend vor den Ferien. Ich habe jede Menge freie Zeit und helfe gerne.«

Molly lächelte und zeigte auf den Stuhl ihr gegenüber.

»Nein, mit dem Fest hat es nichts zu tun. Setz dich doch bitte erst mal, dann erzähle ich dir alles in Ruhe.«

Monique nickte und nahm wie ihr geheißen Platz.

Kurz musterte Molly die junge Frau. In ihrem Gesicht spiegelte sich eine Mischung aus Neugierde und Unsicherheit wider. Bestimmt war der Moment für Monique unangenehm, also wollte Molly ohne Umschweife auf den Punkt kommen. »Ab Januar suche ich für mich in der Redaktion der *Maple Creek News Time* eine Assistentin. Du besuchst die Abendschule, und ich weiß nicht, ob sich das mit einer Vollzeitbeschäftigung vereinbaren ließe. Falls ja, und sofern du Interesse hast, würde ich nach den Feiertagen gern ein Vorstellungsgespräch für diese Position mit dir führen.«

»Ähm, nun ... Das wäre fantastisch! Aber meine Arbeit im Hotel? Und Pamela? Wirklich ... ich?«

Jäh ging eine Wandlung mit Monique vonstatten. Die erste Verblüffung wich einem Ausdruck, den Molly – so paradox es klang – als Strahlen mit ernster Miene bezeichnen würde. Zudem veränderte Monique ihre Körperhaltung. Sie straffte die Schultern, bog die Wirbelsäule durch und legte die Hände schräg übereinander auf die Tischplatte.

»Durch die Stunden in der Schule bin ich grundsätzlich nur abends eingeschränkt. Einige Prüfungen finden am Vormittag statt. Ich habe eine Liste mit den Daten und würde an diesen Tagen Urlaub nehmen. Nächstes Jahr im Juni ist das Examen. Mein aktueller Notendurchschnitt ist eins Komma zwei. Ich werde voraussichtlich prima abschließen.« Mit einer flinken Bewegung strich sie eine Haarsträhne, die sich aus ihrem Pferdeschwanz gelöst hatte, hinter das Ohr. »Ich würde mich über ein Gespräch freuen, wenn Pamela einverstanden ist. Das möchte ich bitte vorher abklären. Danke.«

»Ich habe Pam schon gefragt. Sie ist aber gleich zurück, dann kannst du selbst mit ihr reden. Ich verstehe dich.« Molly lehnte sich zurück. Wenn Monique das hielt, was sie gerade durch ihre prompte Metamorphose und das neue Auftreten versprach, hatte sie eine Assistentin gefunden.

Kapitel 30

Warum sollte ich als Einzige zu Hause bleiben und Däumchen drehen? Es gibt noch so viel zu tun.« Entschieden schüttelte Molly den Kopf. »Das wäre den anderen gegenüber nicht fair. Aus der Idee einer weihnachtlichen Zusammenkunft im kleinen Rahmen ist ein Fest für ganz Maple Creek geworden. Der Mehraufwand ist gewaltig.«

»Du vergisst, dass dank Gabriel eine größere Gruppe unterstützend zur Verfügung steht. Allein zehn Freiwillige aus der Kirchengemeinde bereiten die Kartoffelscheiben vor. Und als wir den Schnee weggeräumt haben, kamen auf einmal von links und rechts die Leute mit ihren Schneeschaufeln, um uns zu helfen. Du hast es selbst gesehen.« Nat hob den Zeigefinger. »Außerdem gibt es sehr wohl eine wichtige Aufgabe für dich: Du musst zum Flughafen fahren und Dorothy abholen.«

»Ihr Flugzeug landet doch erst am frühen Nachmittag. Ehrlich, Nat, ich fühle mich nicht gut dabei. Überdies freue ich mich auf die finalen Arbeiten. Warum willst du mich plötzlich außen vor lassen?«

»Manches Mal, mein Schatz, besitzt du wahrlich eine elendslange Leitung«, antwortete Nat mit einem hintergründigen Lächeln. »Seit wir über unsere Weihnachten als Kinder gesprochen haben, ist es mein Wunsch, dir dein Traumfest zu bereiten. Naturgemäß war es nicht möglich, die Vorbereitungen im Geheimen durchzuführen. Dich diese letzten Stunden fernzuhalten, nehme ich mir jedoch heraus. Alle werden die Feier hoffentlich genießen, aber aus meiner Sicht findet sie nur für dich statt – und das Ergebnis ist eine Überraschung.«

Molly spürte, wie ihre Augen feucht wurden. »Das ist so lieb von dir. Ich weiß nicht, was ich sagen soll.« Von selbst kroch eine Gänsehaut über ihren Rücken, und die Knie begannen zu zittern. *Ach du liebe Güte*, schoss es ihr durch den Kopf. *Sie ist da! Die Vorfreude auf Weihnachten – das Kribbeln, die Aufregung, die Ungeduld. O Nat!*

Mit einem leisen Schluchzen ergriff sie seine Hände. »Du ahnst nicht, welche Bedeutung das für mich hat. Ich liebe dich so sehr. Du erfüllst, was ich mir seit meiner Kindheit sehnlichst wünschte und nie erleben durfte – außer dieses eine Mal auf dem Campus. Kein schöneres Geschenk könntest du mir machen.«

Nat streichelte über ihre Wange. »Wart's ab. Es folgt nämlich mehr. Du hast mir doch erzählt, wie schrecklich es für dich war, dass du die Stunden vor unserer Hochzeit ganz allein verbracht hast. Das wollen wir nicht wiederholen. Den Vormittag musst du leider noch einsam ausharren, aber nachdem du Dorothy vom Flughafen abgeholt hast, fahrt ihr direkt hierher zu uns nach Hause. Ihr werdet den ganzen Nachmittag gemeinsam verbringen. Wenn Jack angekommen ist, gesellt er sich vorerst zu uns Männern und hilft bei den Vorbereitungen. Ist alles fertig und bereit, holen Jack und ich euch ab. Das wird gegen sechs Uhr sein.«

Nun konnte Molly die Tränen nicht mehr zurückhalten. Sie ließ Nats Hände los, schlang die Arme um ihn und legte ihre Wange an seine Brust. Deutlich spürte sie die Wärme seines Körpers und hörte leise das rhythmische Pochen seines Herzens. Es war, als würde sie hoch in den Himmel zu den Sternen schweben und allen Zauber der Weihnacht in sich aufnehmen.

Kapitel 31

Mein Hausarrest hat außer der bevorstehenden Überraschung noch etwas Gutes. Wir sind ausgiebig zum Tratschen gekommen. Das hätten wir sonst nicht so bald geschafft – wahrscheinlich wären Tage vergangen«, stellte Molly fest.

Dorothy nickte eifrig. »Und mit Sicherheit nicht unter vier Augen. Jack hat angekündigt, keine Minute von meiner Seite zu weichen. Ach, mein süßer Jack! Jetzt bin ich schon richtig aufgeregt. Vergiss nicht, dass ich ihn seit einer gefühlten Ewigkeit nicht mehr gesehen habe.«

»Deshalb plagt mich ein wenig das schlechte Gewissen.« Molly streckte Daumen und Zeigefinger aus und ließ die Fingerkuppen in einem Zentimeter Abstand übereinander schweben. »Du könntest längst in seinen Armen liegen, hätte ich von der Hochzeit nicht diese Einsamkeitsaversion vor großen Ereignissen davongetragen.«

»Ach was. Ich genieße das sehnsüchtige Ziehen sogar ein

bisschen. Ein Teil der Anziehungskraft zwischen Jack und mir beruht zweifellos auf der Tatsache, dass wir es aufregend und spannend halten. Natürlich schlägt auch die Entfernung in diese Kerbe. Wegen Jacks Weihnachtsgeschenk etwa zapple ich seit Tagen herum und tüftle an der Übergabe. Ich habe einen Plan: Morgen stelle ich den Wecker auf sieben Uhr. Er darf nur einmal klingeln, damit Jack nicht zu früh aufwacht. Dann schlüpfe ich in neue Dessous – ganz in Silber- und Goldfarben, wie die Kleidung für einen erotischen Engel – und stelle mich mit dem Buch in der Hand wartend vor das Bett. Das ist der Moment, in dem er munter werden sollte. Schlägt er nicht gleich die Augen auf, muss ich mich irgendwie bemerkbar machen.« Dorothy schmunzelte. »Der Wälzer ist echt schwer, den kann ich nicht lange halten. Wann wirst du Nat sein Geschenk geben? Bestimmt ebenfalls traditionell morgen in der Früh. Und was hast du vor?«

»Nein, heute Abend nach der Weihnachtsfeier. Ich will nicht warten. Die Übergabe wird anders als bei dir allerdings unspektakulär vonstattengehen. Ich habe das Kuvert im Wintergarten hinter dem linken Couchkissen versteckt. Dort sitze ich immer.« Molly hob den Kopf und lauschte. »Ich höre ein Motorengeräusch. Das sind sicher Jack und Nat.«

Unverzüglich sprang Dorothy auf. »Was sitzen wir hier herum? Los, los!« Ohne ein weiteres Wort lief sie in den Vorraum und griff nach der Klinke der Eingangstür.

Gerade noch rechtzeitig erwischte Molly sie am Ärmel. »O nein! Zuerst ziehen wir uns an, dann darfst du die Tür öffnen. Ich möchte deinetwegen nicht erfrieren. Du siehst Jack früh genug – in dreißig Sekunden, wenn wir uns beeilen.«

»Herrje, du bist wirklich ein zartes Pflänzchen«, entgegnete Dorothy lachend, während sie in ihre Fellstiefel schlüpfte und zeitgleich die Mütze vom Haken zog.

Molly ging bedächtiger vor. Am Vormittag hatte sie bereits alle Kleidungsstücke für einen langen Aufenthalt im Freien bereitgelegt: Skisocken, die extrawarme Mütze plus Ohrenschützer, den kuscheligen Wollschal und ihre Handschuhe mit Wärmepads.

Sie schlüpfte gerade in den Parka, als von außen die Tür geöffnet wurde.

Dorothy jubelte auf. »Jack!« Ungestüm flog sie in seine Arme.

Nat, der sich im Hintergrund hielt, zwinkerte Molly zu und bedeutete ihr, sich zu gedulden. Als etwa fünf Minuten vergangen waren, räusperte er sich. »Ich unterbreche nur ungern eure Knutscherei, aber wir sollten losfahren.«

Widerstrebend lösten sich die beiden voneinander.

Jack lächelte Molly zu und küsste sie auf die Wange. »Verzeih, deine beste Freundin ist so stürmisch, dass ich dich nicht mal begrüßen konnte.«

»Du erzählst Molly nichts Neues«, mischte sich Dorothy

ein. »Sie kennt mich tausendmal länger und besser als du. Und weil ich sie genauso gut kenne, weiß ich, dass wir jetzt genau das tun werden, was Nat vorgeschlagen hat. Ist Molly aufgeregt, hat ihre Geduld bald ein Ende. Liege ich richtig?«

Mit betont ernster Miene zeigte Molly auf den Ausgang. »Und wie du richtigliegst. Also … Husch.«

Der Reihe nach verließen sie den Vorraum, und Nat schloss die Eingangstür ab. Dann gingen sie zum Auto und stiegen ein. Dorothy und Jack nahmen auf dem Rücksitz Platz und begannen sich sofort wieder zu küssen.

Während Nat den Wagen startete und langsam die Zufahrtsstraße entlangfuhr, summte er leise eine Melodie vor sich hin.

»›Last Christmas‹ von *Wham!*, ernsthaft?«, fragte Molly schmunzelnd.

Nat nickte. »Es ist leider geschehen: Ich bin infiziert. Der DJ hat das Lied für den Soundcheck verwendet. Sechsmal hat er es gespielt – von Anfang bis Ende.«

»Wenn wir uns nicht vorsehen, wird ›Last Christmas‹ unser gemeinsamer Weihnachtssong wider Willen. Vielleicht haben wir –« Molly brach ab und starrte aus dem Fenster des Wagens. Schon aus der Entfernung sah sie die Flammen eines großen Lagerfeuers in den schwarzen Himmel flackern. »Mein Gott. Das ist ja riesig!«, flüsterte sie mit angehaltenem Atem.

»Ich hoffe so sehr, dass dir die Feier gefällt und deine Wünsche erfüllt werden. Der Rahmen ist echt schön geworden.« Nat zeigte auf einen freien Parkplatz. »Nehmen wir gleich den.«

Er hatte den Motor noch nicht abgestellt, als Molly bereits aus dem Auto sprang und auf den Kirchenplatz zulief. Keine Sekunde länger konnte sie sich gedulden. Fröhliches Stimmengewirr und der Song ›Little Drummer Boy‹ von Bing Crosby und David Bowie empfingen sie.

In Windeseile nahm sie die ersten Einzelheiten auf. Vor dem Eingang der Kirche standen Feuerschalen. Die Tausenden Lämpchen der Ketten tauchten den Platz in ein warmes Licht und ließen den Schnee glitzern. Es wirkte, als bestünde die Oberfläche aus Edelsteinen.

»Mein Gott«, wiederholte Molly und blickte sich nach Nat um, der indessen aufgeholt hatte. »Der Platz ist wie verzaubert. Und die vielen Menschen!«

Er zeigte auf eine Gruppe, die rund um drei zusammengeschobene Stehtische nahe der Kirche stand. »Die anderen warten auf uns. Alle unsere Freunde haben sich versammelt. Sie gehören zu dem Weihnachtswunder.«

Molly nickte. »O ja. Die Atmosphäre ist einzigartig, aber nur mit ihnen haben wir – « Weiter kam sie nicht.

Samaras Aufschrei übertönte sämtliche Stimmen und sogar die Musik. »Juchhu!« Unvermittelt startete sie los und warf sich in Dorothys ausgebreitete Arme.

Der ungestüme Aufprall brachte Dorothy aus dem Gleichgewicht. Kurz schaffte sie es noch, die Balance zu halten, dann kippte sie gemeinsam mit Samara nach hinten und landete mit dem Popo im Schnee.

»Du liebe Güte, Samara! Die arme Dorothy«, rief Pamela und machte einen Schritt auf die beiden zu. Plötzlich verharrte sie und begann lauthals zu lachen. »Entschuldige, ich kann nicht anders. Charlie Chaplin ist nichts gegen euch.«

Dorothy drückte Samara an sich und stimmte in das Lachen ein. »Ich schwöre, nie in meinem Leben ist mir eine schönere Begrüßung widerfahren.« Suchend sah sie sich um. »Doch irgendwie fehlt mir etwas. Oder gar jemand? Wer mag das sein?«

Mit einem Jauchzer sprang nun auch Amira auf Dorothy zu und ließ sich neben ihr in den Schnee fallen. »Meinst du mich?«

»Dich und keine andere.« Dorothy küsste Amira auf die Wange und umarmte sie ebenfalls.

»So, meine Lieben – Samara, Amira. Jetzt müsst ihr Dorothy aber freigeben und ihr aufhelfen«, ordnete Pamela an. »Schließlich hat sie noch andere zu begrüßen.«

»Das erledige wohl besser ich.« Jack reichte Dorothy die Hand und zog sie hoch. »Du wirst dir eine Erkältung holen«, murmelte er.

»Ach was.« Dorothy klopfte sich den Schnee von der Jacke. »Ich habe von einem geheimnisvollen Zaubertrank namens

Maplemagic gehört, der alle Krankheiten im Keim ersticken soll.«

Molly schmiegte sich an Nat. »Ich glaube, Dorothy hat recht: Achten wir auf unsere Gesundheit. Was meinst du?«

»Ich meine, dass ich als dein Ehemann für dich zu sorgen habe und deshalb auf der Stelle zwei *Maplemagic* für uns hole – und dann lass uns feiern.«

Kapitel 32

Molly ließ den Blick durch die Menge gleiten. Die fröhliche und zugleich besinnliche Stimmung, die um sie herum herrschte, zauberte ein Dauerlächeln auf ihre Lippen. Die Menschen plauderten, sangen und einige tanzten trotz der dicken Winterkleidung zu den Weihnachtsliedern. Jeden Moment wollte sie in sich aufnehmen und bewahren. Nicht einmal die Kälte und der beißende Wind aus westlicher Richtung konnten ihr etwas anhaben. Sie fühlte sich einfach glücklich.

»Du bist so still. Ist alles in Ordnung?«, fragte Nat leise.

»Ich bin nur noch immer überwältigt. Sieh dir das Strahlen in den Gesichtern an. Diese Feier ist wahrlich etwas Besonderes.«

Laurie nickte. »Ein echtes Weihnachtswunder, nicht wahr? Niemals wäre ich auf den Gedanken gekommen, dass so viele Leute die Idee annehmen. Es scheint, als wäre ganz Maple Creek auf den Beinen. Ich hoffe, dass Benji lange schläft.«

Sie zeigte auf die Ausbuchtung unter ihrer Jacke, wo Benjamin in einer Babytrage friedlich schlummerte.

»Nächstes Jahr wird er schon zwischen uns herumlaufen«, bemerkte Jim.

»Das muss er.« Tom grinste. »Die Trage wird nämlich wieder besetzt sein.«

»Stimmt. In einigen Monaten bin ich doppelter Onkel.« Jack gab Dorothy einen keuschen Kuss auf die Wange – Samara und Amira standen neben ihr. »Bis dahin werden auch wir hoffentlich eine Lösung gefunden haben. Erst wenn die Wohnsituation geklärt ist, kann ich meinen Heiratsantrag loswerden. Eine gewisse Reihenfolge gehört auf jeden Fall eingehalten.«

Kurz starrte Dorothy ihn irritiert an und zog kaum merklich die Brauen hoch, dann drückte sie Amira und Samara an sich. »Und die zwei hübschesten und süßesten Blumenmädchen werden Rosenblätter auf meinem Weg zum Traualtar streuen – oder, passend zu Maple Creek, Ahornblätter.«

»Ihr wohnt später auch in Maple Creek?«, fragte Samara.

»Die Hochzeit fände natürlich hier statt, aber Jacks Zuhause befindet sich in Toronto. Ich würde zu ihm ziehen.« Vergnügt kniff Dorothy die Augen zusammen. »Toronto liegt viel näher als das riesige New York, und ich käme oft zu euch nach Maple Creek.«

Amira schob die Unterlippe vor. »Dürfen wir dich in New

York besuchen, bevor du das tust? Dort gibt es so tolle Hochhäuser, die wollen Samara und ich sehen.«

»Da bin ich mit dabei.« Nora zwinkerte Amira zu. »Ich habe in einem Wolkenkratzer gewohnt, der sechsundsechzig Etagen hat.«

»Wow! Sechsundsechzig Wohnungen übereinander?« Amira musterte Nora interessiert. »Du hast einmal in New York gelebt?«

»Und ich ebenfalls«, erklärte Molly. »Dort habe ich bei einer großen Zeitung gearbeitet, und Nora war meine Chefin.«

»Wirklich? Du?« Samara kicherte. »Ich kann mir dich nicht in einer großen Stadt vorstellen. Du bist in Maple Creek zu Hause.«

Molly lächelte versonnen. Dieser einfache Satz brachte die bedingungslose Wahrheit auf den Punkt und spiegelte die gesamte Intensität ihrer Empfindungen wider: *Ich bin in Maple Creek zu Hause.*

»Sehr schöne Worte, Samara. Die Heimat ist nicht unbedingt immer da, wo man geboren wurde«, bemerkte der Reverend und rieb sich die Hände. Wahrscheinlich war er der Einzige, der keine Handschuhe trug. »Wie gern würde ich noch einen *Maplemagic* trinken, aber ich beherrsche mich. Schließlich ist heute einer meiner wichtigsten Arbeitstage.«

»Du arbeitest an so einem Tag?«, fragte Amira erstaunt.

»Von früh bis spät. Unterstützt mich doch dabei, wenn ihr Lust habt. Vor dem Kircheneingang warten schon einige Kinder. Ich habe Kerzen vorbereitet, die zu verteilen sind.«

»O ja. Dürfen wir? Bitte!«

Lilly nickte. »Selbstverständlich, geht mit dem Reverend.«

»Ich passe gut auf sie auf, keine Sorge.« Gabriel ergriff die Hände der Mädchen. »Wenn jeder Besucher eine Kerze bekommen hat, halte ich eine Rede. In meinem Fall nennt man das Predigen. Klingt lustig, nicht wahr? Vielleicht habt ihr eine Idee, was ich sagen könnte. Es muss sich unbedingt um Weihnachten drehen. Das ist ganz wichtig.«

Mit einem wachsamen Blick sah Lilly den dreien nach. »Das Fest macht Samara und Amira glücklich. Sie haben so viel Leid erfahren und kennen dabei so wenig vom Leben – und von uns. Jeder hat eine besondere Geschichte und seinen eigenen Weg, der ihn letztlich nach Maple Creek geführt hat. Und ginge man erst zurück in die Vergangenheit, fände man sicherlich noch unzählige spannende, tragische und fantastische Ereignisse.« Sie lachte auf. »Ihr wisst ja, dass ich ein großer Fan von Chroniken bin. *Die Chroniken von Maple Creek* – das wäre doch was.«

»Hättest du mehr Zeit zur Verfügung, wärest du bestimmt ständig unterwegs und würdest ein Loch nach dem anderen in der Maple-Creek-Historie graben«, antwortete Pamela grinsend.

Ermahnend hob Franklin die Hand. »Mach dich nicht lustig, Pam. Das ist ein durchaus interessanter Ansatz. Er wäre es wert, sich eingehender damit zu beschäftigen. Was meint ihr? Jim, Levi, sollten wir uns mal ein paar Takte darüber unterhalten?«

»Gern. Das Zeug hätten wir allemal dazu, die Geschichte Maple Creeks zu erforschen«, entgegnete Jim.

Levi nickte. »Das Schwierigste wäre, eine vernünftige Grundstruktur zu entwerfen. Die erste große Frage würde sein, ob wir von hinten nach vorne oder umgekehrt arbeiten und welche Elemente wir miteinbezögen. Maple Creek ist ein bewegter Ort.« Entschuldigend zuckte er mit den Schultern. »Das gehört nicht hierher. Treffen wir uns in den nächsten Tagen im Maple Lake Inn und reden in Ruhe.«

Bevor Jim und Franklin etwas erwidern konnten, trat ein kleiner Junge an den Tisch. Er trug eine Tasche voller Kerzen. »Entschuldigung. Wie viele? Wir müssen uns beeilen. Reverend Gabriel möchte bald beginnen«, erklärte er mit ernster Miene.

Nat lugte in die Tasche. »Lass am besten alle hier. Bleiben welche übrig, bringe ich sie höchstpersönlich zum Reverend.«

»Okay. Super, dann bin ich fertig.« Der Junge überreichte Nat die Tasche und rannte davon.

Pamela blickte sich um. »Wo sind die Mädchen? Ich sehe sie nirgendwo.«

»Lass sie uns besser suchen gehen. Vermutlich hat Gabriel

die beiden aus den Augen verloren«, schlug Lilly vor. Sofort schwang Sorge in ihrer Stimme mit.

»Nicht notwendig.« Elisabeth hielt sie zurück. »Da, schau!«

Gerade war der Reverend mit einem Mikrofon in der Hand vor die Kirche getreten. Neben ihm standen Amira und Samara.

Langsam wurde die Musik leiser, bis sie schließlich verklang.

»Was tun sie denn da oben, um Himmels willen?«, flüsterte Pamela entsetzt. »Ach herrje, sie fühlen sich doch nicht wohl vor den vielen Menschen. Hat jemand davon gewusst?«

Nat schüttelte den Kopf. »Nein, aber mach dir keine Gedanken. Sieh in ihre Gesichter – sie sind durch und durch happy.«

In diesem Moment begann der Reverend zu sprechen. »Meine lieben Freunde! Dies ist ein Weihnachtsabend, wie wir ihn noch nie gemeinsam erlebt haben. Ich bin gerührt und begeistert, dass ihr so zahlreich erschienen seid. Freudvoller lässt sich die Weihnacht nicht begehen als im Kreis seiner Familie, Freunde und Bekannten.« Er streckte den Arm aus und vollführte eine halbkreisförmige Bewegung. »Eigentlich hatte ich vorgehabt, die Weihnachtspredigt jetzt in ihrer vollen Länge abzuhalten. Das werde ich nicht tun, sondern alle, die daran teilhaben wollen, traditionell um Mitternacht in die Kirche bitten.« Er lächelte. »Zwei Gründe haben mich spontan anders entscheiden lassen: Einerseits möchte ich dieses fröhliche Beisammensein keinesfalls durch eine lange Rede stören, zum anderen bin ich zwei kleinen Engeln aus einem fernen Land begegnet, die uns die besten und edelmütigsten Wünsche überbringen werden.« Er kniete sich nieder und reichte Amira das Mikrofon.

Sie trat einen Schritt nach vorn. »Ich wünsche mir, dass alle Menschen sich liebhaben. Niemand soll böse und gemein zu einem anderen sein.« Amira drehte sich um und gab das Mikrofon an Samara weiter.

Auch sie machte einen Schritt vor. »Ich wünsche mir, dass sich Menschen nicht mehr fürchten müssen und jeder ein schönes Zuhause hat.«

Gabriel nahm Samara das Mikrofon ab und richtete sich wieder auf. »Ich bitte euch nun alle, die Kerzen anzuzünden und diese wunderbaren Wünsche auf euch wirken zu lassen.« Er gab dem Mann an der Tonanlage ein Zeichen. »Ein Weihnachtslied fängt für mich auf unvergleichliche Weise den Zauber der Weihnacht ein: ›Silent Night‹, gesungen von der großartigen Mahalia Jackson. Wenn möglich, bitte in voller Lautstärke – das ist mein bescheidener Wunsch.«

Kaum dass Gabriel geendet hatte, ertönten die einleitenden Glocken des Songs, und die tiefe, gewaltige Stimme Mahalia Jacksons hob an.

Genau in diesem Augenblick begann es zu schneien.

Kapitel 33

Molly und Nat

Setzen wir uns noch in den Wintergarten?«, fragte Molly. »Ich habe ein Geschenk für dich und würde es dir gern schon jetzt überreichen.«

»Auch ich möchte dir etwas geben.« Nat lächelte. »Ich halte es genauso wenig bis morgen früh aus. Das ist mir während der Feier klargeworden.«

Molly erwiderte sein Lächeln und nickte. »Ich habe erst gar nicht erwogen, es hinauszuzögern.«

Hand in Hand gingen sie in den Wintergarten und setzten sich auf die Couch.

»Lass mich bitte zuerst.« Nat drehte sich zur Seite und zog sein Geschenk hinter dem rechten Couchkissen hervor. »Molly, du weißt, ich liebe dich über alles und habe vor, so viele wunderbare Momente mit dir zu erschaffen, wie wir nur zustande bringen. Unsere Hochzeitsreise war für mich ein … Was ist los?«

Wie gebannt starrte Molly auf das blitzblaue Kuvert. Dann

schmunzelte sie und holte ihren Umschlag hinter dem linken Kissen hervor. »Ich denke, wir schenken uns das Gleiche. Nun verstehe ich, warum Lilly so seltsam reagiert hat. Die Arme war komplett durcheinander, fast entsetzt über die Bitte, mir zu helfen.«

»Dafür hat meine Schwester sicherlich umso herzlicher gelacht, als sie davon hörte.« Kurz betrachtete Nat die beiden Kuverts. »Kann es sein, dass wir damit unbewusst die Basis für eine Tradition gelegt haben? Jedes Jahr zu Weihnachten schenken wir uns eine Reise – ein neues Erlebnis, eine neue Erinnerung. Wie findest du das?«

»Einfach großartig! Dieses Mal müssen wir uns aber etwas überlegen. Ein arbeitsreiches Jahr liegt vor uns, und zwei Urlaube lassen sich bestimmt nicht unterbringen. Uns erwartet wohl eine echte Luxusreise.«

»Ich wüsste etwas anderes. Zeige Amira, Samara und mir New York mit seinen *tollen Hochhäusern*. Die Mädchen träumen offensichtlich davon, und ich habe keine Ahnung, wie es aktuell um Pams und Lillys Finanzen steht. Palmen und Sandstrände laufen nicht weg. Verlegen wir den Badeurlaub auf übernächstes Jahr.«

»O Nat!«, jubelte Molly auf und warf sich in seine Arme.

Pamela und Lilly

Pamela betrat die Küche und setzte sich. »Sie sind sofort eingeschlafen.«

»Dabei waren sie auf der Heimfahrt noch richtig aufgedreht. Ich hatte schon befürchtet, sie machen die Nacht bis zur Geschenkübergabe durch.« Ein verträumter Ausdruck erschien auf Lillys Gesicht. »Während der Feier habe ich an meine Familie gedacht. Ich würde so gern nach Florida fliegen und den Mädchen zeigen, wo ich aufgewachsen bin. Und sie sollen ihre Großeltern kennenlernen. Am schönsten wäre es, wenn wir danach weiter nach New York reisen würden – du hast Amiras Wunsch gehört.«

»Eine fabelhafte Idee. Das wird doch irgendwie zu schaffen sein, dass wir uns mal für zwei Wochen von der Arbeit loseisen. Im Hotel kann ich mich auf Mary und Miles verlassen, und du hast Timothy. Sicherlich springt Nora in dieser Zeit verstärkt ein. Es ist nur ein Urlaub mit festem Anfang und Ende, also beschwören wir keinesfalls einen neuen Streit zwischen ihr und Jim herauf.«

»Das sind nicht meine Bedenken. Es geht uns gut, große finanzielle Sprünge sind allerdings nicht drinnen – das Adoptionsverfahren hat eine Menge verschlungen. New York ist verdammt teuer, wenn man angemessen logieren möchte.«

Pamela streckte den Arm aus und ergriff Lillys Hand. »Lass uns heute nicht über Geld grübeln. Machen wir in den nächsten Tagen einen Kassensturz. Dann sehen wir, welches Budget uns zur Verfügung steht. Schnallen wir den Gürtel halt etwas enger. Vergiss nicht, dass du bei den Reisebüros einen besseren Preis erhältst und wir in Florida bei deinen Eltern wohnen.«

»Etwas anderes ließen Mum und Dad nicht zu«, entgegnete Lilly und fügte leise hinzu: »Weißt du eigentlich, wie glücklich ich bin?«

Pamela nickte. »Ja, weil auch ich nicht glücklicher sein könnte.«

Laurie und Tom

Laurie stand an Benjamins Bett und betrachtete ihren schlafenden Sohn mit einem versonnenen Blick. Die Weihnachtsfeier hatte sie für kurze Zeit all ihre Sorgen und Ängste vergessen lassen. Nun spürte sie, wie diese unbegründete Furcht langsam erneut Gestalt annahm und Besitz von ihr ergriff.

Leise betrat Tom den Raum und schlich zu Laurie. Er stellte sich hinter sie und schlang seine Arme um ihre Taille. Sanft streichelte er ihren Bauch. »Kannst du dir vorstellen, dass wir in einigen Monaten zu viert sein werden? Unverhofft, aber wunderschön«, flüsterte er.

Laurie lehnte sich an ihn und schloss die Augen. »Alles wäre gut, wenn endlich dieses schreckliche Gefühl verschwinden würde, das mich durcheinanderbringt.«

Tom drückte sie fest an sich. »Gemeinsam werden wir das durchstehen. Willst du nicht vielleicht doch die von der Psychotherapeutin vorgeschlagenen Medikamente einnehmen? Du hast gehört, was sie gesagt hat. Für das Baby bestünde keine Gefahr.«

»Nein. Ich hätte ein schlechtes Gewissen gegenüber dem winzigen Wesen in mir. Doctor Wilson meint auch, ich soll auf meine innere Stimme hören. Nur wenn eine Verschlimmerung eintritt, werden die Medikamente zwingend notwendig. Zum Glück ist das Gegenteil der Fall – ich spüre die Besserung. Sie zieht sich bloß so elend langsam dahin.«

»Ich werde noch mehr auf dich achten, als ich es bei der ersten Schwangerschaft getan habe.«

»O nein, untersteh dich! Allein dieser Gefahr ausgesetzt zu sein, ist der beste Grund, so rasch wie möglich gesund zu werden.«

Leise lachte Tom auf. »In der Tat, ich bemerke die Besserung ebenfalls. Und sie geht schneller vonstatten, als du meinst. Das gerade war schon fast wieder die alte Laurie.«

Nora und Jim

Jim schloss sein Buch, legte es vor sich auf die Bettdecke und warf einen Seitenblick auf Nora, die in der *NY Woman* las. »Seit Mollys und Nats Hochzeit haben wir das Thema Heirat nicht mehr angesprochen.«

Nora schob die Lesebrille zur Nasenspitze und musterte Jim über den Brillenrand hinweg. »Ich weiß. Haben dich der *Maplemagic* und Jacks Geständnis inspiriert?«

»Das ist gut möglich. Ich habe mich daran erinnert, was du damals zu mir gesagt hast.«

»Im Gegenzug kann ich deine Antwort wörtlich wiedergeben. Die Reise nach Las Vegas müsste allerdings bald stattfinden. In wenigen Wochen ziehen zwei Vierbeiner bei uns ein, und dann ist für eine geraume Weile Schluss mit jeglicher Spontanität.«

»Gibst du mir grünes Licht, buche ich morgen zwei Flüge nach Las Vegas – online. Ob du es glaubst oder nicht, ich bin ein durchaus versierter Internetuser.«

Nora lächelte. »Mir wäre es lieber, wenn wir uns gemeinsam vor den Computer setzen. Ich möchte nicht mein restliches Leben unverheiratet bleiben, weil du einmal falsch klickst.«

»Meinst du das ernst?«

Nora küsste Jim. »Ja, das tue ich, Mister Ryder.«

Dorothy und Jack

Dorothy lehnte sich an das Kopfende des Betts und atmete tief durch. »Du ahnst nicht, wie sehr mir das gefehlt hat. Ich bin sexsüchtig mit Fixierung.«

»Was?« Jack hob beschwichtigend die Hand. »Sei nachsichtig, mein Gehirn funktioniert noch nicht richtig. Bitte gönne mir eine kurze Pause und verwende in dieser Zeit nur einfache Sätze.«

»So schwer ist das nicht zu verstehen. Sexsüchtig braucht keine weitere Erklärung, und die Fixierung bezieht sich auf dich.«

»Ah, jetzt kapiere ich.« Jack drehte sich zur Seite und sah Dorothy eine Weile lang an. »Dann lass uns endlich Nägel mit Köpfen machen. Zieh zu mir nach Toronto. New York ist nicht aus der Welt, wenn du Aufgaben zu erledigen hast. Mir ist es lieber, du bist ein paar Wochen im Jahr dort, als umgekehrt. Der Status einer Fernbeziehung wird für mich allmählich unerträglich. Ich habe ernst gemeint, was ich heute sagte.«

»Das mit der Heirat ebenfalls?«

»Natürlich.« Jack schmunzelte. »Wenn du mir hoch und heilig versprichst, so sprühend und reizvoll zu bleiben, wie du bist.«

»Ach du … Blödmann.« Dorothy gab ihm einen Schubs.

Die Berührung reichte für beide aus, um das Feuer erneut zu entfachen.

Franklin Bauers und Gabriel Bouchard

»Wie still es auf einmal ist – und dunkel. Die Menschen sind heimgegangen, alle Lichter ausgeschaltet«, murmelte Gabriel. »Ich war übrigens verwundert, dich um Mitternacht in der Kirche zu sehen.«

»Valerie hat mich gezwungen.« Franklin grinste. »Sie war es auch, die vorgeschlagen hat, ich solle nach der Predigt hierbleiben und vor der Kirche auf dich warten. Rückblickend erscheint mir die Aufteilung mehr als ungerecht. Während ich in der Kälte stehe, liegt sie bereits im warmen Bett und schlummert friedlich. Ist eigentlich was von dem *Maplemagic* übrig?«

»Ein halber Kessel. Würden wir den austrinken, wären wir sturzbetrunken. Ich hätte nichts dagegen.«

»Und hängt die Musikanlage noch am Strom?«, fragte Franklin weiter.

Gabriel nickte. »Ich aktiviere Mahalia Jackson und du sorgst für zwei *Maplemagic*. Nimm die großen Henkeltassen.«

Franklin hob den Daumen.

ENDE

LESEPROBE

Kapitel 1

Bye, mein Schatz, bis heute Abend.«

Ceecee Kaufman hob den Kopf, um ihren Verlobten für den Tag zu verabschieden. Heute musste er offenbar nicht ins Gericht, denn Cal trug keinen seiner modisch-konservativen Anzüge. Doch auch in Hemd und Hose sah er aus wie der seriöse und erfolgreiche Anwalt, dem seine Mandanten vertrauen konnten.

Er lächelte sie an. »Warte nicht auf mich. Heute stehen ein paar wichtige Termine in der Kanzlei an, und abends muss ich eine Extrarunde Training einlegen.«

Ceecee lächelte zurück und bemühte sich um einen möglichst unbekümmerten Tonfall. »Natürlich, Liebling. Vielleicht sehen wir uns ja später noch kurz. Deine Mutter und ich wollten nachher nur zur Floristin, um den Tischschmuck zu besprechen.«

»Hmhm«, machte Cal, schon halb auf dem Weg zur Tür. »Dann wünsche ich euch beiden viel Spaß.«

Ceecee seufzte, während sie sich gegen die Lehne des Esszimmerstuhls sinken ließ. Gedankenverloren betrachtete sie den Frühstückstisch vor sich. Wenn sie ehrlich war, zweifelte sie ziemlich daran, ob ein Besuch bei der Floristin mit ihrer äußerst anspruchsvollen Schwiegermutter in spe als Spaß bezeichnet werden konnte. Klar, die meisten Geschäftsleute in und um Willow Springs wussten nicht nur, wie viel Wert Amanda McNamara auf Qualität und Stil legte, sondern auch, dass sie bereit war, dafür exzellent zu bezahlen. Dementsprechend geduldig und dienstfertig benahmen sie sich, egal, welche Anfragen von Amanda auch kamen. Manche davon waren ausgesprochen raffiniert und sogar fantasievoll, wie Ceecee zugeben musste, und würden ihre Hochzeit wirklich zu etwas ganz Besonderem machen. Aber bei etlichen anderen Ideen hatte Ceecee häufig das Gefühl, dass Amanda nur ihre Möglichkeiten als reiche Kundin austarieren wollte.

Wie sonst konnte man ernsthaft einfließen lassen, wie wunderbar es wäre, wenn man lauter Eisskulpturen im Festzelt aufstellen lassen würde? Wie bei den glamourösen Partys früherer Jahrzehnte? »Damals wusste man einfach noch, wie man richtig feiert«, hatte Amanda mit leuchtenden Augen hinzugefügt. Bei der Gelegenheit hatte Ceecee sich nur schwer verkneifen können zu fragen, wann denn dieses sagenumworbene »damals« gewesen war – insgeheim hatte sie den Verdacht, dass Amanda das bei irgendeiner Netflix-Serie über die High Society in Europa gesehen hatte, die ihre Schwiegermutter so eifrig verfolgte. Außerdem waren für eine Oktober-Hochzeit im Northern Highland von Wisconsin wohl eher Heizstrahler die klügere Wahl. Aber sie wusste aus Erfahrung, wie ungeduldig Amanda reagieren konnte, wenn sie den Eindruck bekam, man nähme sie nicht ernst. Also hatte sie sich darauf beschränkt, dem Caterer nur mitleidig zuzulächeln.

Denn schließlich war Ceecee selbst Geschäftsfrau und konnte die Zeichen leicht deuten: Sie sah, wie schnell das freundliche Lächeln wie eingefroren wirkte, die Begeisterung kaum merklich, aber doch entscheidend abkühlte und – vielleicht das Schlimmste – der kreative Ideenaustausch über ihren schönsten Tag im Leben zum bloßen Abspulen teurer Möglichkeiten wurde. Schon des Öfteren hatte sie versucht, an das Traditionsbewusstsein ihrer künftigen Schwiegermutter zu appellieren und beiläufig einfließen zu lassen, dass es eigentlich die Aufgabe der Brauteltern war, die Hochzeit zu organisieren. Denn natürlich brannte auch ihre eigene Mutter darauf, ihrem einzigen Kind bei der Auswahl von Blumenschmuck beizustehen.

Doch auf diesem Ohr stellte Amanda sich hartnäckig taub und bestand darauf, höchstpersönlich die wichtigen Termine für sich und ihre künftige Schwiegertochter zu vereinbaren. Und so machte Ceecee gute Miene zum nicht ganz so guten Spiel und blieb ebenso geduldig und freundlich wie die vielen Floristinnen, Caterer, Modisten oder Hochzeitsplanerinnen, während Amanda eine Entscheidung nach der anderen traf.

Nun ja. Wieder seufzte sie. Ihre künftige Schwiegermutter würde sich in dieser Hinsicht ganz bestimmt nicht mehr ändern, und im Grunde meinte sie es nur gut. Außerdem waren ein etwas zu protziger Tischschmuck und eine Gästeliste voller wichtiger Leute nur ein kleiner Preis, wenn sie dafür den tollsten Mann der Welt heiraten und seine Mutter glücklich machen konnte. Zumindest würden sie und ihre Mom das Brautkleid allein aussuchen, und das war bei einer Hochzeit fast das Wichtigste, oder?

Sie stapelte das Geschirr, das sie von ihren Großeltern zum 21. Geburtstag geschenkt bekommen hatte, und strich dabei liebevoll über das verspielte Blumendekor. Natürlich wusste sie genau, dass es allein ihre Grandma ausgewählt hatte, ihr Großvater hätte bestimmt etwas Schlichteres genommen. Manchmal hatte sie den Verdacht, dass auch Cal es vielleicht ein bisschen zu kitschig fand, aber rücksichtsvoll, wie er war, hatte er nie etwas dazu gesagt. Er wusste, wie sehr sie an ihrer Grandma gehangen hatte, und hätte sich vermutlich eher die Zunge abgebissen, als eine kritische Bemerkung über die alte Dame zu machen. Dabei hätte das ihre Grandma gar nicht weiter gestört. Sie hatte nach der Devise gelebt, dass jeder seinen eigenen Weg im Leben finden musste und sich nicht allzu sehr von anderen Leuten beeindrucken lassen sollte. Neben dieser Kompromisslosigkeit hatte sie allerdings auch über eine gehörige Portion Weisheit und Verständnis für ihre Mitmenschen verfügt: Sie war so klug gewesen zu verstehen, dass ihre Tochter, Ceecees Mom, sich niemals von ihrer Liebe zu Vince Kaufman hätte abbringen lassen. Die Bemühungen von Ceecees Granddad, den nicht ganz passenden Freund in die Flucht zu schlagen, hatte sie deshalb energisch unterbunden, allein schon, um den Familienfrieden nicht zu stören. Und die mehr als glückliche Ehe ihres Kindes hatte ihrer mütterlichen Intuition im Nachhinein recht gegeben, wie auch ihr Granddad heute gern zugab. Leider war ihre Grandma schon vor zehn Jahren gestorben, und Ceecee und der Rest der Familie vermissten sie immer noch schrecklich.

Wobei … Sie griff nach der Kaffeekanne und kehrte mit ihren Gedanken zu ihrem Verlobten zurück. Manchmal war Cal ihr beinahe *zu* rücksichtsvoll. Sie selbst hätte zum Beispiel nichts dagegen einzuwenden gehabt, direkt nach ihrer Verlobung die Pille abzusetzen und es einfach darauf ankommen zu lassen. Schließlich wünschten sie sich beide eine große Familie und waren ja so gut wie verheiratet. Doch Cal hatte sie sanft, aber sehr bestimmt darauf hingewiesen, dass sie sich nicht mit einem Babybauch ablichten und so die Hochzeitsfotos verderben wollte. Im ersten Moment hatte sie etwas gestutzt, weil sie selbst gegen schwangere Bräute nichts einzuwenden hatte, es im Grunde sogar sympathisch fand. Doch als sie etwas darüber nachgedacht hatte, musste sie ihm recht geben. Schließlich sollte niemand glauben, sie würden nur wegen des Nachwuchses heiraten, das war ihr schon wichtig – selbst wenn das vielleicht ein bisschen altmodisch war. Und bewies sein Einwand deshalb nicht auch wieder einmal, wie gut er sie kannte? Wie genau er wusste, wie wichtig ihr die rundum perfekte Hochzeit war und dass er ihre Bedürfnisse an keiner Stelle aus den Augen verlor? Okay, etwas anderes kam noch hinzu: Seit er so hart für den Ironman auf Hawaii trainierte, der kurz nach ihrer Hochzeit stattfinden würde, und sein Trainer ihm angeraten hatte, am besten auf Sex zu verzichten, lief eh nichts mehr – zumal er abends nach einem Tag voller Arbeit in der Kanzlei und dem Training sowieso immer total ausgepowert war und sofort einschlief. Die Möglichkeit von Sex oder gar einer Schwangerschaft war deshalb verschwindend gering.

Sie schüttelte den Kopf, als könne sie so ihre trübe Stimmung verscheuchen, und versuchte, das Positive zu sehen: Sie waren erst Anfang 30, hatten also noch ihr ganzes Leben vor sich. Da blieb genug Zeit fürs Kinderkriegen, egal, wie ungeduldig sie sich das wünschte. Außerdem war der Ironman ganz klar Cals großer Traum, und es imponierte ihr unheimlich, mit welcher Entschlossenheit er sich dafür einsetzte. Nein, sie schüttelte wieder den Kopf, diesmal um ihren Gedanken mehr Nachdruck zu verleihen. Seinen großen Traum wollte sie ihm auf keinen Fall verderben, das war für sie wesentlich entscheidender als jedes noch so gelungene Hochzeitsfoto.

Sie trug das Geschirr und die Überreste ihres Frühstücks in die Küche und warf einen Blick auf die Uhr. Schon kurz nach sieben. Zeit, dass sie ins *Lakeview* kam. Seit Liz, ihre beste Freundin und die tollste Köchin der Westküste, nach Willow Springs zurückgekehrt und zu ihrer Geschäftspartnerin im Café geworden war, musste sie natürlich nicht mehr auf alles einen ganz scharfen Blick haben. Trotzdem, sie liebte das *Lakeview* viel zu sehr und war zu stolz auf das, was sie erreicht hatte, als dass sie jetzt die Zügel schleifen ließe. Zumal Liz und sie gerade dabei waren, ihre ehrgeizigen Pläne umzusetzen, und das *Lakeview* bald ein vollwertiges Restaurant werden sollte. Die ersten Wochen mit der neuen, deutlich ausgebauten Mittagskarte liefen vielversprechend an. Sowohl bei ihren einheimischen Gästen als auch bei den Touristen war die erweiterte Auswahl ein richtiger Volltreffer und hatte nicht nur die Besucherzahlen, sondern auch die Höhe des Kassenbons bei den Mittagsgästen deutlich anwachsen lassen. Nach ihrer Hochzeit planten sie dann, auch einen Abendbetrieb anzubieten. Im nächsten Monat würden sie und Liz sich um eine Schanklizenz kümmern.

Sie hoffte nur, dass sie beide im *Lakeview* alles auf ein gutes Fundament stellen konnten, bis sie und Cal sich ernsthaft an die Familienplanung machten. Aber noch war es ja noch nicht ganz so weit, und im Moment genoss sie es daher vielleicht noch ein bisschen mehr als sonst, morgens die Gäste persönlich zu begrüßen und mit ihren beiden Servicekräften Ruth und Maggie in den Tag zu starten.

Routiniert verrichtete Ceecee die letzten Handgriffe Hausarbeit und eilte dann ins Bad, um noch einmal Frisur und Make-up zu überprüfen. Ihre braunen Haare, die sie wie üblich zusammengenommen trug, saßen perfekt, allein ihr Lippenstift hatte beim Frühstück ein bisschen gelitten. Aber das machte nichts. Schließlich hatte sie – ihrer stilvollen Mom und Bobbi Brown sei Dank – nur einen rosigen Nudeton aufgetragen, der genau zu ihrer natürlichen Lippenfarbe passte und diese einfach nur vorteilhaft unterstrich. Während sie das schnell in Ordnung brachte, überlegte sie, was sie außer dem Besuch beim Floristen heute sonst noch zu erledigen hatte.

Stimmt ja, sie musste daran denken, Cals Sachen zur Reinigung zu bringen. Den Wäschekorb hatte sie schon gestern Abend in den Kofferraum gestellt. Bei diesem Gedanken machte sie wieder einmal drei Kreuze, dass sie es sich mittlerweile problemlos leisten konnten, einen Bügelservice in Anspruch zu nehmen. Denn als Rechtsanwalt brauchte ihr Liebster nun einmal täglich ein frisches Hemd, manchmal sogar zwei. Also hatte Ceecee jahrelang in den sauren Apfel gebissen und sich jedes Wochenende eine Ladung Hemden vorgenommen. Hausarbeit machte ihr eigentlich überhaupt nichts aus, viele Dinge tat sie sogar ausgesprochen gern, was für eine Gastronomin ein echter Vorteil war. Nur Bügeln verabscheute sie aus tiefstem Herzen. Deswegen genoss sie es auch nach beinahe zwei Jahren noch sehr, dass sie nun den Profis die nervigen Oberhemden überlassen konnte. Sie zwinkerte sich im Spiegel zu, legte den Lippenstift in ihre Make-up-Schublade zurück und machte sich auf den Weg zu ihrem Auto.

Mathilda, ihre geliebte Border-Terrier-Hündin, wartete neben der Haustür. Trotz ihrer fast 14 Jahre hüpfte sie geradezu unternehmungslustig zur Garage, nahm sich nur jeweils ein paar Sekunden Zeit, um besonders interessante Geruchsspuren zu untersuchen. Ceecee musste lächeln. Manchmal war es ihr geradezu peinlich, wie sehr sie die Hündin liebte. Aber Matty und sie hatten nun einmal schon eine halbe Ewigkeit miteinander verbracht. Außerdem hatte Cal ihr die Hündin nach ihrem ersten großen Streit geschenkt, zur Versöhnung, kurz vor ihrem 18. Geburtstag. Es war eine unheimlich romantische Geste von ihm gewesen – und sie konnte sich noch genau erinnern, wie überrascht und gerührt sie damals gewesen war. Schließlich hatte sie gewusst, dass er sich nicht besonders viel aus Hunden machte. Umso mehr hatte sie es ihm angerechnet, dass er ihr trotzdem diesen Wunsch erfüllt hatte. Rückblickend betrachtet würde sie sogar sagen, dass ihr in dem Augenblick, wo sie dieses winzige Häuflein Hund zum ersten Mal an sich gepresst und die beiliegende Karte mit dem Satz »Von einem, der dich immer lieben wird« gelesen hatte, aufgegangen war, dass Cal der Mann ihres Lebens sein musste. Dass er sich dann auch noch ein bisschen geziert hatte, bevor er zu seiner Großzügigkeit stehen und zugeben konnte, dass Mathilda natürlich sein Geschenk gewesen war, war einfach nur unheimlich süß gewesen!

Die Fahrt zum Café dauerte nicht lange, was sich auch durch die Zwischenstopps bei der Reinigung und Mathildas Hundesitterin – der netten Mrs. Hahn, die selbst zwei Hunde hatte und gegen ein kleines Entgelt auch gern auf Mathilda aufpasste – nicht änderte. Pünktlich um halb acht stand sie im *Lakeview*. Zu der Zeit herrschte erfahrungsgemäß im Sommer der größte Andrang an einheimischen Frühstücksgästen.

Ganz am Anfang hatte Ceecee noch jeden Morgen selbst das Café vorbereitet und geöffnet, mittlerweile tat sie das nur noch in Ausnahmefällen. Zum Glück konnte sie sich absolut auf ihr Team verlassen, eine Tatsache, für die sie jeden Tag aufs Neue große Dankbarkeit empfand. Und dank Liz' Einstieg machte es ihr noch mehr Spaß, ins *Lakeview* zu kommen – falls das überhaupt möglich war. Wirklich, dachte Cee und holte tief Luft, sie hatte ein unheimliches Glück im Leben!

Einziger kleiner Wermutstropfen im Moment war vielleicht der Umstand, dass ihr Schwiegervater die Hochzeit nicht mehr erleben würde. Sie hatte James Calvin McNamara II. immer sehr geschätzt und wusste, dass es ihm umgekehrt genauso gegangen war. Leider war er Ende letzten Jahres – nur wenige Monate, nachdem er aus Gesundheitsgründen die Kanzlei an seinen ältesten Sohn übergeben hatte – an einem Herzinfarkt verstorben. Cal hatte das hart getroffen, auch wenn er ihr gegenüber immer versucht hatte, sich stark zu geben und selbst in der Trauer für sie und besonders für seine Mom da zu sein.

Aber was hatte sie auch anderes erwartet? Liz hatte sie früher gern damit aufgezogen, dass sie Cal fast wie einen Superhelden sah. Natürlich hatte Ceecee das immer abgestritten, es war ja auch wirklich albern. Cal hatte durchaus die eine oder andere Schwäche. Oh ja, wenn sie da nur an seine verhängnisvolle Vorliebe für Softrock aus den 90ern dachte … Sie musste dringend daran denken, die Hochzeitsplaylist im Auge zu behalten! Aber im Großen und Ganzen war er ihrer Meinung nach tatsächlich ziemlich perfekt. Sie konnte sich einfach keinen besseren Ehemann und Vater ihrer Kinder vorstellen. Und davon würde sie sich auch nicht durch die aktuelle Durststrecke im Schlafzimmer abbringen lassen. Schließlich gab es noch so viel mehr, das sie und Cal miteinander teilten, als schnöden Sex. Und an so einem herrlichen Sommertag wie heute sollte sie sich wirklich nicht durch trübsinnige Gedanken die Laune verderben lassen.

Betont schwungvoll stieß sie also die Tür auf und warf einen kurzen Blick in die Runde: Für einen Donnerstag im Juli war befriedigend viel los. Einige Stammgäste fehlten zwar, weil sie gerade auf Reisen waren, dafür würden später etliche Touristen auftauchen. Urlaub im idyllischen Northern Highland von Wisconsin wurde zum Glück immer beliebter – eine Tatsache, von der auch das *Lakeview* profitierte.

Während sie zur Küche ging und schon einmal dem einen oder anderen Gast winkte, kam Maggie auf sie zu und begrüßte sie mit einem heiteren: »Guten Morgen, Boss!« Bei jedem anderen Menschen hätte Ceecee das komisch gefunden, aber zu Maggie passte es irgendwie. Die Endvierzigerin mit den kurzen roten Haaren war ihre erfahrenste Kraft, obwohl sie seit ewigen Zeiten von einer Karriere als Schriftstellerin träumte. In ihrer Freizeit betrieb sie sogar ganz altmodisch einen Blog, auf dem sie täglich über das Leben in Greenwood County schrieb. Ceecee mochte die Landschaftsbeschreibungen, die kleinen Geschichten über Willow Springs und die Anekdoten über die Leute hier. Gleichzeitig hätte sie aber nicht zu sagen vermocht, ob die auch wirklich gut waren. Von Büchern verstand sie einfach nicht viel. Und einerseits hoffte sie, nicht so bald auf Maggie verzichten zu müssen, wollte ihr andererseits aber auch nicht die Erfüllung ihres Lebenstraums missgönnen. Also hatte sie sich irgendwann mit sich selbst auf den Kompromiss geeinigt, dass sie erst dann ernsthaft darüber nachdenken würde, wenn Maggies Bestsellerkarriere unmittelbar bevorstand. Bisher sah es so aus, als könnte sie sich noch ein bisschen entspannen.

»Guten Morgen, Maggie. Sieht aus, als hättet ihr den Laden im Griff, oder? Mit Jamie auch alles okay?«

Jamie war der junge Koch, der vor zwei Wochen angefangen hatte und der heute zum ersten Mal allein für die Frühstücksschicht eingeteilt worden war.

Maggie nickte zum Tresen hin und ging voraus, Ceecee folgte ihr. »Mit Jamie läuft es prima. Wirklich fix, der Junge. Nur Doug hat eine Bemerkung fallen lassen, was er denn mit dem Chichi auf seinem French Toast anfangen soll. Aber du kennst ja Doug.«

Natürlich, Ceecee kannte Doug Miller und wusste, wie er seine French Toasts am liebsten mochte. Schließlich frühstückte er jeden Tag hier, seit er seine Frau im letzten August bei einem Verkehrsunfall verloren hatte. Wochenlang hatten sie ihm verschiedene Varianten der goldgelb gebratenen Brotscheiben serviert, bis er schließlich ganz und gar zufrieden gewirkt hatte. Denn geäußert hätte er seine Wünsche nie so direkt. Doug war in Willow Springs als großer Schweiger bekannt.

Deswegen hakte sie erstaunt nach: »Chichi?« Was hatte Jamie Doug denn da bloß aufgetischt?

»Ja«, bestätigte Maggie, »ich war auch erstaunt, dass er so ein Wort benutzt. Ich hatte Jamie schon vorgewarnt, und er war so klug, die Beeren wegzulassen. Aber er hat trotzdem die Brotscheiben zu Dreiecken geschnitten und für den Puderzucker eine Schablone benutzt. Ein Ahornblatt, glaube ich.«

»Hm«, sagte Ceecee, »vermutlich solltest du froh sein, dass er keine Herzschablone genommen hat, sonst würde Doug noch glauben, du wolltest ernsthaft mit ihm flirten.«

Maggie lachte. »Das stimmt. Schließlich ist es ziemlich naheliegend, dass ich meinen Allan für Doug verlasse.«

»Etwa nicht?«, mischte sich jetzt Ruth ein, die gerade einen Cappuccino zubereitete. Die Tresenkraft war altersmäßig genau zwischen Maggie und Ceecee, also Ende 30, und selbst durch die größten Katastrophen nicht aus der Ruhe zu bringen. »Welche Frau will schon einen harmlosen Highschool-Lehrer wie deinen Allan, wenn sie stattdessen einen animalischen Kerl wie Doug haben kann?« Sie grinste und wackelte anzüglich mit den sorgfältig gezupften Augenbrauen.

»Animalisch?«, fragte Maggie. »Willst du damit etwa andeuten, was ich denke, das du andeuten willst?«

Höchste Zeit sich einzumischen, fand Ceecee. Egal, wie entspannt die Atmosphäre im *Lakeview* war, es ging nicht an, dass sich ihre Angestellten in aller Öffentlichkeit über die sexuellen Fähigkeiten ihrer Gäste austauschten. Bevor Ruth sich also in Einzelheiten ergehen konnte – über die sie wahrscheinlich bestens informiert war, wie Ceecee die Tresenkraft kannte –, mahnte sie sanft: »Ladys, doch nicht hier.«

Dann drehte sie sich um, um die Auslage an süßem und salzigem Gebäck unter die Lupe zu nehmen. Dabei spürte sie förmlich, wie sich die Blicke ihrer beiden Angestellten in ihren Rücken bohrten. Sollten sie ruhig, schließlich kannten sie Ceecees Meinung zu allzu freizügigen Gesprächsthemen im *Lakeview* ganz genau.

Während sie die Lücke zwischen den Schokomuffins und den Buttermilch-Biscuits musterte und überlegte, ob die nächste Ladung Bananenbrot wohl schon in der Mache war, konnte sie hören, wie Ruth im wahrsten Sinne des Wortes Dampf abließ, wenn auch nur aus der Kaffeemaschine, ihrer heiß geliebten La Marzocco, und Maggie kommentarlos die Tür zur Küche aufstieß, um die nächste Portion Frühstück abzuholen.

Na bitte. Gefahr erkannt, Gefahr gebannt.

Mit einem zufriedenen Lächeln ging Ceecee in die Hocke und suchte unter dem Tresen nach ihrem Notizbuch. Liz und sie hatten entschieden, demnächst in ein brandneues Kassensystem zu investieren, das ihnen jederzeit ausspucken würde, was wann und wie oft genau bestellt worden war. Besonders Liz hatte dafür plädiert, und da sie ja in allen möglichen angesagten Restaurants gearbeitet hatte, zuletzt in San Francisco, kannte sie sich wirklich gut aus und hatte ihr genau die Vorteile schildern können. Aber bis das System stand, würde Ceecee ganz altmodisch wie jeden Morgen in ihrem Buch notieren, was zu diesem Zeitpunkt schon bestellt und verzehrt worden war. Es war immer gut, ein paar handfeste Zahlen zur Hand zu haben und nicht nur aufs Bauchgefühl zu vertrauen, wenn man sich an die Angebotsplanung machte. Diese Sorgfalt hatte ihr gerade in der stressigen Anfangszeit enorm geholfen.

Sie zog das rote Notizbuch hervor und suchte mit der anderen Hand nach dem Stift. Offenbar hatte Ruth geahnt, dass sie sich heute früh über ihre Chefin ärgern würde, denn der Kuli verbarg sich mal wieder tief hinter den Pappschachteln und Papiertüten, in denen sie ihre Spezialitäten verpackten, wenn ein Gast sie mitnehmen wollte. Während Ceecee an der hinteren Tresenverkleidung entlangtastete, fragte sie sich, ob Doug Miller wirklich so leidenschaftlich im Bett war, wie Ruth angedeutet hatte. Der Bauunternehmer ging zwar stramm auf die 60 zu und war damit bald fast doppelt so alt wie sie mit ihren 31 – doch sie musste zugeben, dass sie sich das durchaus vorstellen konnte. Irgendwie vermittelten Dougs wortkarge Art und seine muskulöse Figur tatsächlich unterschwellig etwas Animalisches. Bestimmt würde er nicht lange zögern, wenn er den richtigen Ersatz für seine Frau gefunden hatte, und sich einfach nehmen, was er wollte. Dieser Gedanke ließ überraschend plastische Bilder vor ihrem inneren Auge auftauchen, und ihr wurde unwillkürlich warm. *Wirklich*, dachte Ceecee erschrocken, *ich bin ja schlimmer als Maggie und Ruth! Und das nur, weil Cal und ich es gerade ein bisschen langsamer angehen lassen!*

Das würde sich nach der Hochzeit sofort ändern, das stand für sie unumstößlich fest, und auch Cal hatte es ihr so gut wie versprochen. Bis zur Trauung im Oktober waren es nur noch knapp drei Monate, eine Woche später fand der Ironman statt. Diese Trockenphase würde sie auch noch überstehen. Nach über fünfzehn Jahren Beziehung war das mit dem Sex sowieso …

Eine vertraute Stimme unterbrach ihre Gedanken. »Guten Morgen, Ruth, meine Schöne.«

Vertraut, samtweich, wie üblich mit diesem amüsierten Unterton, als wäre das Leben ein einziger großer Spaß. Ceecee fuhr hoch und stieß mit dem Kopf schmerzhaft gegen die scharfe Kante des Tresens. Sosehr das wehtat, es war irgendwie auch eine Erleichterung. Ausnahmsweise konnte sie ihn einmal mit all der Wut ansehen, die er gewohnheitsmäßig in ihr auslöste, und musste sich nicht zu einem Lächeln zwingen.

Sie richtete sich auf und kam neben Ruth zum Stehen. »Hi, Rob.«

»Ach, hallo, Cee, ich habe dich da unten gar nicht gesehen.« Einen Moment lang schaute er sie an, mit diesen funkelnden grünen Augen, und lächelte dieses sexy Lächeln, das in ganz Greenwood County für seine Strahlkraft berühmt war.

Rob Sawyer. Ihr Sandkastenfreund. Der beste Tierarzt weit und breit. Der unwidersprochen schönste Mann von Willow Springs. Und der größte Fehler ihres Lebens.

Ceecee fletschte innerlich die Zähne. Allein dass er sie immer noch wie früher mit dem Kürzel ihres Spitznamens ansprach, nervte sie bei jeder Begegnung aufs Neue. Warum konnte er sie nicht einfach »Ceecee« nennen, wie es fast alle in Willow Springs taten? Und wie er sich jetzt die dunkelblonden Haare aus dem klassisch markant geschnittenen Gesicht strich und Ruth ein albernes kleines Lachen hören ließ … Vermutlich hatte ihm vor weniger als einer Stunde die aktuelle Gespielin genau dieselben Strähnen zerwühlt, das musste sich doch Ruth auch denken! Sie warf ihrer Angestellten einen Seitenblick zu. Offenbar nicht. Ruth schaute so schwärmerisch drein, dass Ceecee sich schlagartig zusammenreißen konnte und sich pflichtbewusst daran erinnerte, dass sie zu jedem Gast gleichbleibend freundlich war.

Sie setzte ihr verbindlichstes Lächeln auf und flötete: »Was können wir denn heute für dich tun, Rob?«

Er achtete nicht auf sie, sondern sagte stattdessen zu Ruth: »Sei ein Schatz, Ruthie, und mach mir zwei Flat White zum Mitnehmen, ja? Und dann vielleicht noch«, er trat zwei Schritte zur Auslage, vermutlich, um Ruth einen Blick auf seinen durchtrainierten Oberkörper zu gönnen, »einen Schoko-Karamellmuffin? Und einen Vanilla Cupcake?«

Die Tresenkraft beeilte sich, seine Wünsche zu erfüllen. »Das ist aber nicht deine übliche Bestellung, Rob«, kommentierte sie und lachte schon wieder so albern. »Da wird sich jemand richtig freuen.«

Meine Güte, dachte Ceecee ungeduldig, ist denn wirklich niemand gegen diesen völlig übertriebenen Charme immun? Noch nicht einmal ihre bodenständige und abgeklärte Ruth? Die noch dazu glücklich verheiratet war und drei Kinder mit Jason hatte?

»Was soll ich sagen, Ruth, ich bin ein netter Mensch«, hier legte er eine Pause ein, und als er weitersprach, klang das unbekümmerte Lächeln auch in seiner Stimme mit, »und sie mag es nun einmal süß.«

* * *

Rob ließ sich auf den Sitz seines Kombis gleiten und beförderte die Pappschachtel mit dem *Lakeview*-Logo und den Tragecontainer mit den beiden Kaffees so hastig auf den Beifahrersitz, als hätte er sich verbrannt. Dabei sollte er lieber vorsichtig sein. Seine ebenso temperamentvolle wie kompetente Sprechstundenhilfe Kirsty mochte es gar nicht, wenn ihr Frühstück nicht tadellos aussah. Und da Ruth zufällig eine ihrer engsten Freundinnen war, kannte seine Angestellte das Angebot aus dem *Lakeview* natürlich genau.

Kirsty hatte einen Sinn fürs Schöne, vielleicht weil sie selbst in bescheidenen Verhältnissen aufgewachsen war und deshalb jeden noch so kleinen Luxus inbrünstig zu schätzen wusste. Auch heute würde sie sich über das liebevoll verzierte Gebäck wahnsinnig freuen und noch netter zu ihren Patienten und den dazugehörigen Menschen sein als ohnehin schon.

Normalerweise brachte Rob das immer zum Lächeln.

Aber heute war ihm ganz und gar nicht danach zumute. Wirklich, warum tat er sich das an? Warum ging er nur ins *Lakeview* und ertrug ihr künstliches Lächeln, ihre falsche Freundlichkeit, ihre ganze Verachtung?

Nun ja, er wusste genau, warum er das tat. Weil er nun einmal völlig hilflos war, wenn es um Cecilia Kaufman ging. Wie ein Drogensüchtiger auf der Suche nach dem nächsten Trip, selbst wenn er wusste, wie schlecht das für ihn war, zog es ihn immer wieder unwiderstehlich zu ihr hin.

Er lachte resigniert und schlug mit beiden Händen hart aufs Lenkrad. Jahrelang hatte er geglaubt, er hätte die Sache wenigstens einigermaßen im Griff, hatte sich mit immer neuen Frauen und jeder Menge unverbindlichem Sex abgelenkt. Er hatte dabei stets sorgfältig darauf geachtet, nie ein Herz zu brechen. Schließlich wusste er genau, wie furchtbar sich das anfühlte. Immer wieder hatte er versucht, ihr aus dem Weg zu gehen, sich eingeredet, ohne sie ein halbwegs normales Leben führen zu können. Und hatte doch jedes Mal, wenn sie mit ihrer Hündin in seiner Sprechstunde aufgetaucht war, genau das gleiche wilde Entzücken, genau die gleiche verzweifelte Hoffnung verspürt wie immer.

Aber damit war jetzt Schluss. Seit dem Tag, an dem er erfahren hatte, dass sie nun Nägel mit Köpfen machen wollte und sich mit James Calvin McNamara III. verlobt hatte, war er mit keiner anderen Frau zusammen gewesen. Er konnte es einfach nicht. Denn die Einsicht, dass seine wunderbare Cee –

die einzige Frau, die er jemals geliebt hatte, jemals würde lieben können – kurz davor war, den größten Fehler ihres Lebens zu besiegeln und einen Mann zu heiraten, der sie nicht verdiente, der nicht sehen konnte, was für ein unverschämtes Glück er mit ihr hatte, war wie ein Schlag ins Gesicht gewesen. Es hatte ihn endlich zur Besinnung kommen lassen.

Nein, Cal war kein schlechter Kerl. Es war nicht so, dass er Cee betrog oder sie gar schlug, und ganz bestimmt konnte er ihr ein schönes Heim bieten, würde auch ein pflichtbewusster Ehemann und – bei dem Gedanken musste Rob schlucken – Vater ihrer Kinder sein. Aber er liebte sie nicht, zumindest nicht so, wie sie es verdiente. Vermutlich wäre er mit jeder anderen Frau, die ebenso präsentabel war wie Cee, ähnlich zufrieden gewesen. Wäre sie ihm in der Highschool nicht so entschlossen hinterhergerannt, hätte sie nicht so sehr an der Kleinmädchen-Illusion gehangen, ihre erste Liebe müsste auch ihre letzte sein, wären die beiden schon längst kein Paar mehr. Da war Rob sich komplett sicher. Als er erfahren hatte, dass sie den Hochzeitstermin in den Oktober gelegt hatten, damit Cal während der Flitterwochen auf Hawaii am Ironman teilnehmen konnte, hatte er nur gelacht. So schockiert und wütend er gewesen war, so wenig hatte ihn die Entscheidung gleichzeitig überrascht. Cal sah in erster Linie sich selbst, und Cee akzeptierte das, ohne mit der Wimper zu zucken. Weiß der Himmel, warum sie glaubte, diese lauwarme, tugendhafte Aufmerksamkeit wäre alles, was ihr zustand.

Wieder schlug er mit beiden Händen aufs Lenkrad. Es half nichts. Vielleicht war es endlich an der Zeit, sich mit der Situation abzufinden und auf seine Schwester Sally zu hören. Niemand sonst wusste, wie es um ihn stand. Jeder in Willow Springs dachte, er wäre dank der Scheidung seiner Eltern nun mal ein unverbesserlicher Womanizer, der sich niemals binden würde. Selbst sein Vater und seine andere Schwester Steph glaubten das. Allein Sally hatte kapiert, dass sein Herz schon lange vergeben war – und an wen. Leider wusste sie genauso gut wie er, wie stur Cee sein konnte, wenn es um ihre romantischen Vorstellungen ging, und hatte noch weniger Zuversicht als ihr großer Bruder, dass seine Sandkastenfreundin zur Vernunft kommen würde. Also setzte Sally ihm unerbittlich zu und versuchte immer wieder, ihn davon zu überzeugen, dass er endlich, endlich mit diesem sinnlosen Masochismus aufhören musste.

Er ließ den Wagen an. Ja, dachte er, vermutlich hatte sie recht. Egal, wie sehr er Willow Springs liebte, diesen einmalig schönen Ort mit seinen Wäldern und Seen inmitten des Northern Highland von Wisconsin, egal, wie viele Leute er schmerzlich vermissen würde, egal, wie lange er brauchen würde, um anderswo Fuß zu fassen. Denn auch Cee gehörte zu seiner Heimat, sie und Willow Springs waren für ihn fast so etwas wie eine Einheit. Konnte er keine gemeinsame Zukunft mit ihr haben, war ihm hier auch alles andere verdorben; er könnte es nicht ertragen, sie dauerhaft mit jemand anderem zu sehen, das war ihm in den letzten Monaten schmerzhaft klar geworden. Deswegen musste er nun die Konsequenzen ziehen. Unwillkürlich dachte er an Liz, seine beste Freundin, neben seiner Familie vermutlich der Mensch auf dieser Welt, den er am meisten mochte und dem vertraute. Liz war gerade erst wieder nach Hause zurückgekommen, um sich hier niederzulassen. Sie hatten endlos Pläne geschmiedet, was sie jetzt alles wieder gemeinsam machen könnten. Neulich hatte sie ihm sogar vorgeschlagen, vegane Hundeleckerlis exklusiv für seine Praxis zu entwickeln, und abgesehen davon, dass es ein äußerst witziges Gespräch gewesen war, hatte er sich dabei ertappt, dass er seitdem tatsächlich darüber nachdachte, was für einen Mehrwert er seinen Kundinnen und Kunden in Zukunft bieten konnte. Seine beste Freundin wieder so nah bei sich zu haben, machte also nicht nur jede Menge Spaß, sondern beflügelte ihn auch auf ganz praktische Weise. Wie würde er ihr seinen plötzlichen Aufbruch nur erklären können?

Doch dann straffte er die Schultern und fuhr los. Wirklich, versuchte er sich selbst zu überzeugen, er musste endlich Nägel mit Köpfen machen und die längst überfällige Entscheidung nicht mehr hinauszögern. Das brachte niemandem etwas.

Nein, es war Zeit, seine Heimat zu verlassen. Sonst könnte er für nichts mehr garantieren.